流れ星の約束

再会したきみは芸能人!?
伝えたい想い

みずのまい・作
雪丸ぬん・絵

集英社みらい文庫

登場《とうじょう》人物《じんぶつ》

大《おお》沢《さわ》結《ゆい》

小《しょう》6。両親《りょうしん》を亡《な》くし一時《いちじ》は施設《しせつ》で育《そだ》つが、縁《えん》あって西川家《にしかわけ》の一員《いちいん》に。サバサバした性格《せいかく》で面倒見《めんどうみ》がよい姉御肌《あねごはだ》。

天《あま》川《かわ》流《りゅう》星《せい》

小《しょう》6。天才子役《てんさいこやく》として圧倒《あっとう》的《てき》な才能《さいのう》で人気《にんき》を博《はく》す。結《ゆい》が施設《しせつ》で心《こころ》を通《かよ》わせた「安藤流星《あんどうりゅうせい》」くんと同一《どういつ》人物《じんぶつ》なのかは……？

西川多摩子《にしかわたまこ》

売《う》れっ子《こ》のミステリー作家《さっか》。結《ゆい》の母親《ははおや》の大《だい》学時代《がくじだい》の同級生《どうきゅうせい》で、事故《じこ》を知《し》り、結《ゆい》を引《ひ》き取《と》る決心《けっしん》をした。

西川倫太郎《にしかわりんたろう》

小《しょう》4。結《ゆい》とは血《ち》のつながりがなく名字《みょうじ》も別《べつ》だが、弟《おとうと》として結《ゆい》を慕《した》っている。心《こころ》の優《やさ》しい子《こ》。

井上大河《いのうえたいが》

小《しょう》6。結《ゆい》の幼《おさな》なじみ。リトルリーグで4番《ばん》キャッチャー、キャプテン。

加山龍之介《かやまりゅうのすけ》

有名子役《ゆうめいこやく》が多数《たすう》所属《しょぞく》する劇団《げきだん》に所《しょ》属《ぞく》。礼儀正《れいぎただ》しく、誠《せい》実《じつ》な人柄《ひとがら》。

もくじ

あらすじ
Story

わたし、大沢《おおさわ》結《ゆい》、小《しょう》6。
幼《おさな》い頃《ころ》に両親《りょうしん》が亡《な》くなり、
母《はは》の旧友《きゅうゆう》だった西川家《にしかわけ》に
引《ひ》きとられたの。
大好《だいす》きな多摩子《たまこ》さん、
弟《おとうと》の倫太郎《りんたろう》、幼《おさな》なじみの
大河《たいが》くんと日々《ひび》にぎやかに
過《す》ごしているんだよ!

でも、わたしには
誰《だれ》にも言《い》えない
ヒミツがあって――。

施設《しせつ》でいっしょだった
安藤《あんどう》流星《りゅうせい》くん。
彼《かれ》とトクベツな約束《やくそく》を
したんだけど、すぐに
離《はな》れ離《ばな》れになってしまった。
わたしの大切《たいせつ》な――
初恋《はつこい》なんだ。

ひょんなことから映画《えいが》に
エキストラ参加《さんか》する
ことになったのだけど、
そこに現《あらわ》れたのは――
流星《りゅうせい》くん!?
顔《かお》も名前《なまえ》も同《おな》じ……でも、
驚《おどろ》くほど冷酷《れいこく》でイジワルで!?
あの流星《りゅうせい》くんと
同一人物《どういつじんぶつ》なの!?
それとも別人《べつじん》なの……!?
揺《ゆ》れる心《こころ》を
もう抑《おさ》え
きれないよ……!
続《つづ》きは本文《ほんぶん》を読《よ》んでね!

悲《かな》しかった。
さびしかった。
笑顔《えがお》でずっとごまかしていた。
でも、きみだけがわたしをわかってくれたよね。
あの夜《よる》の約束《やくそく》。
「大人《おとな》になったら、またいっしょに流《なが》れ星《ぼし》を見《み》よう。いっしょに暮《く》らそう」
きみの言葉《ことば》。
ふたりで見《み》た星《ほし》。
わたしは再会《さいかい》を信《しん》じている。

流星《りゅうせい》くん、今《いま》、きみはどこにいますか？

1. ひみつの思《おも》い出《で》

学校《がっこう》からの帰《かえ》り道《みち》。

「こいつ、またひとりで絵《え》を描《か》いてる！」

「ぼっちくん。お絵《え》描《か》き好《す》きだね」

児童公園《じどうこうえん》から男《おとこ》の子《こ》たちの声《こえ》が聞《き》こえてきた。

わたしは走《はし》って公園《こうえん》に入《はい》っていく。

弟《おとうと》の倫太郎《りんたろう》がベンチに座《すわ》ってスケッチブックに絵《え》を描《か》いていた。

それをいじわるそうな3人《にん》の男子《だんし》たちが取《と》りかこんでいる。

これはすぐに助《たす》けに行《い》かないと！

「こら〜！　ひとりで絵《え》を描《か》いて何《なに》が悪《わる》い！」

わたしは3人《にん》の男《おとこ》の子《こ》にむかって手《て》をふりあげながら走《はし》っていく。

「げ！　結《ゆい》が来《き》やがった！」

倫太郎《りんたろう》をからかっていた男《おとこ》の子《こ》たちはまずいとばかりに、公園《こうえん》から逃《に》げようとした。

するとちょうど公園《こうえん》に入《はい》ってきたクラスメイトの大河《たいが》くんとぶつかった。

大河《たいが》くんはうちのとなりに住《す》んでいる頼《たよ》れる男子《だんし》。

背《せ》が高《たか》く、リトルリーグではキャプテンで4番《ばん》キャッチャー。

不器用《ぶきよう》なところもあるけど、根《ね》は優《やさ》しいめっちゃいいやつ！

「おい！　おまえら。倫太郎《りんたろう》をからかっていたら結《ゆい》が来《き》て、あせって逃《に》げてるところか」

「う、うるせえ」

倫太郎《りんたろう》をからかっていた子《こ》はよほどくやしかったみたいで、一度《いちど》止《と》まってわたしをにらんだ。

「結《ゆい》！　なんでおまえだけ、お母《かあ》さんや弟《おとうと》と名字《みょうじ》がちがうんだよ。ひとり名字《みょうじ》がちがってるのにいばってるんじゃねえよ」

大河《たいが》が「てめえ」と男《おとこ》の子《こ》の胸《むな》ぐらをつかんだけど、わたしは「やめて」と言《い》った。

そして、つかつかと男《おとこ》の子《こ》の前《まえ》に立《た》つ。

「名字《みょうじ》がちがう人《ひと》たちと暮《く》らして何《なに》が悪《わる》いのかしら。愛《あい》があればよろしいのですわ。おほほほほほ」

悪役令嬢《あくやくれいじょう》キャラをきどって口《くち》に手《て》を当《あ》てオーバーに笑《わら》ってみる。

すると、男《おとこ》の子《こ》はあぜんとし、「ば、ばかじゃねえの」と大河《たいが》くんの手《て》をふりはらって公園《こうえん》から出《で》ていった。

他《ほか》の男《おとこ》の子《こ》もそそくさとついていく。

「まだまだ子《こ》どもね～。家《いえ》に帰《かえ》ったら手《て》を洗《あら》うんだよ～」

わたしは手《て》をふってあげた。

「結《ゆい》ちゃん、ありがとう」

ベンチからスケッチブックを持《も》った倫太郎《りんたろう》が立《た》ちあがる。

倫太郎《りんたろう》は漫画家志望《まんがかしぼう》で絵《え》を描《か》くことが大好《だいす》き。

時々《ときどき》いじわるされることもあるんだよね。

わたしは倫太郎《りんたろう》のマッシュルームヘアを優《やさ》しくなでた。

すると大河《たいが》くんが横《よこ》から口《くち》をはさんでくる。

「おい、倫太郎《りんたろう》！　おまえもあんなやつらひとりで追《お》いはらえるようになれ」

「大河《たいが》くんみたいに体《からだ》が大《おお》きくて力《ちから》があるならいいけど、ふつう、3人《にん》は無理《むり》だよ」

倫太郎《りんたろう》が反論《はんろん》していると、わたしと同《おな》じクラスの女《おんな》の子《こ》、澪《みお》と萌子《もえこ》がやってきた。

「結《ゆい》！　遠《とお》くから見《み》てた！　結《ゆい》はかっこよくてサイコー」

「美人《びじん》なのに面白《おもしろ》いんだよね～。ねえねえ、遠足《えんそく》で動物園《どうぶつえん》に行《い》ったときのあれやって」

あまえんぼうの萌子《もえこ》がわたしにねだる。

倫太郎《りんたろう》も「結《ゆい》ちゃん、ひさびさにやって」と言《い》いだした。

期待《きたい》されたらやるしかないね！

息《いき》をすーっとすうと、４人《にん》がわたしに注目《ちゅうもく》した。

鼻《はな》の下《した》をのばして、胸《むね》をこぶしでたたく。

「イケメンゴリラ、ジョージです。ゴホゴホ」

みんながどっと笑《わら》った。

「見《み》た目《め》は清楚系《せいそけい》なのに！　何《なん》でやっちゃうの〜」

萌子《もえこ》がキャッキャと笑《わら》いながら言《い》う。

「何《なに》よー、『やって』って言《い》ったからやったのに！」

わたしはおこりながらもうれしかった。

人《ひと》を楽《たの》しませるのが好《す》きなんだ！

わたしの名前《なまえ》は大沢結《おおさわゆい》。第三南小学校《だいさんみなみしょうがっこう》六年生《ねんせい》。

ちがう名字《みょうじ》の人《ひと》たちと同《おな》じ家《いえ》で暮《く》らしている。

家族《かぞく》みたいだけど家族《かぞく》じゃないし、家族《かぞく》じゃないけど家族《かぞく》みたいな人《ひと》たちと。

でも、毎日《まいにち》が楽《たの》しくて幸《しあわ》せです！


「ただいま〜」

倫太郎《りんたろう》といっしょに家《いえ》に帰《かえ》ると多摩子《たまこ》さんがリビングでノートパソコンを開《ひら》いていた。

「結《ゆい》、倫太郎《りんたろう》。おかえり。お、大河《たいが》くんも。出版社《しゅっぱんしゃ》からもらったクッキーがあるよ。食《た》べな」

わたしの家《いえ》は小《ちい》さなお庭《にわ》があるシンプルな一軒家《いっけんや》。

ミステリー作家《さっか》の西川多摩子《にしかわたまこ》さん、倫太郎《りんたろう》、わたしの3人《にん》で暮《く》らしている。

大河《たいが》くんはとなりの家《いえ》の子《こ》なのに、理由《りゆう》をつけてはこの家《いえ》に来《く》るんだよね。

「お母《かあ》さん、ぼくをからかう子《こ》を結《ゆい》ちゃんが追《お》いはらってくれたよ」

「あはは。たくましいお姉《ねえ》ちゃんだね」

弟《おとうと》の倫太郎《りんたろう》はお母《かあ》さんと呼《よ》び、わたしは多摩子《たまこ》さんと呼《よ》んでいる。

これには理由《りゆう》がある。

わたしの本当《ほんとう》の両親《りょうしん》は、わたしが小学校《しょうがっこう》一年生《ねんせい》のとき、ふたりとも事故《じこ》で天国《てんごく》にいってしまった。

そのあとは『みどり寮《りょう》』という施設《しせつ》で過《す》ごした。

その施設《しせつ》にいるときに、「お母《かあ》さんの親友《しんゆう》だった西川多摩子《にしかわたまこ》です。よかったらいっしょに暮《く》らしませんか」って多摩子《たまこ》さんが目《め》の前《まえ》にあらわれた。

はじめて多摩子《たまこ》さんと会《あ》ったとき、お母《かあ》さんと同《おな》じ匂《にお》いがした。

お母《かあ》さんと多摩子《たまこ》さんが向《む》かいあって、笑《わら》いながらしゃべっているのがすぐに想像《そうぞう》できたんだ。

ふたりは大学《だいがく》が同《おな》じだったけど、卒業《そつぎょう》したらおたがいいそがしくなってしまって、会《あ》わなくなったんだって。

多摩子《たまこ》さんがひさびさにお母《かあ》さんに会《あ》おうとして共通《きょうつう》の知人《ちじん》に連絡先《れんらくさき》を聞《き》いたら、お母《かあ》さんのこと、わたしのことを知《し》った。

多摩子《たまこ》さんの話《はなし》を聞《き》いていたら、天国《てんごく》のお母《かあ》さんが多摩子《たまこ》さんとわたしを引《ひ》きあわせたように思《おも》えた。

多摩子《たまこ》さんが「もし結《ゆい》ちゃんがイヤじゃなければ……」と言《い》ってくれたときにはわたしの心《こころ》は決《き》まっていた。

そして、この家《いえ》に来《き》た。

多摩子《たまこ》さんのだんなさんも病気《びょうき》で亡《な》くなったそうで遺影《いえい》があった。

二《ふた》つ年下《としした》の倫太郎《りんたろう》くんはわたしを「結《ゆい》ちゃん」と呼《よ》び、すぐに仲《なか》よくなれた。

わたしには本当《ほんとう》の兄弟《きょうだい》がいないので弟《おとうと》ができたみたいでうれしかった。

「結《ゆい》ちゃん。名字《みょうじ》を西川《にしかわ》に変《か》える？　大沢《おおさわ》のままでいる？」

いっしょに暮《く》らしはじめてすぐ多摩子《たまこ》さんに聞《き》かれた。

多摩子《たまこ》さんの説明《せつめい》だと、西川《にしかわ》になれば多摩子《たまこ》さんと倫太郎《りんたろう》くんと本当《ほんとう》の家族《かぞく》だ。

大沢《おおさわ》のままだと、多摩子《たまこ》さんはわたしを育《そだ》ててくれる『里親《さとおや》』ってことになり、倫太郎《りんたろう》くんは家族《かぞく》ではないけどいっしょに暮《く》らしている子《こ》ってことになるそうだ。

これからのことを考《かんが》えると名字《みょうじ》を変《か》えたほうがいいかもしれない。

でも、今《いま》までのわたしは、大沢結《おおさわゆい》としての自分《じぶん》はどうなっちゃうんだろう。

なにより流星《りゅうせい》くんとの思《おも》い出《で》は……！

答《こた》えが出《で》ずに下《した》を向《む》いてると、多摩子《たまこ》さんの優《やさ》しい手《て》が両肩《りょうかた》に置《お》かれた。

「結《ゆい》ちゃんがしたいようにしていいんだよ」

そう言《い》われると自然《しぜん》に口《くち》から言葉《ことば》がこぼれた。

「大沢《おおさわ》のままがいい」

「わかった。ただし、世《よ》の中《なか》にはいろんな人《ひと》がいて、同《おな》じ家《いえ》に住《す》んでるのに名字《みょうじ》がちがうって、つつかれることもあるかもしれない。学校《がっこう》では先生《せんせい》に頼《たの》めば、本当《ほんとう》の名前《なまえ》は大沢結《おおさわゆい》だけど、学校《がっこう》では西川結《にしかわゆい》ってことにしてくれるはず」

「大沢結《おおさわゆい》でいい。だれかに何《なに》か言《い》われてもかまわない」

「よし。結《ゆい》ちゃんは心《こころ》の思《おも》うままに生《い》きる子《こ》だね」

多摩子《たまこ》さんはわたしの頭《あたま》をぐしゃぐしゃってなでてくれた。

「名字《みょうじ》はちがうけど、結《ゆい》ちゃんはうちの子《こ》だから。あたしが責任《せきにん》を持《も》って倫太郎《りんたろう》といっしょに育《そだ》てる。これからは結《ゆい》って呼《よ》ぶね」

多摩子《たまこ》さんは力強《ちからづよ》く言《い》ってくれた。

それ以来《いらい》、多摩子《たまこ》さんはわたしにとって、お母《かあ》さんの友《とも》だちでもあるし、お母《かあ》さんみたいな人《ひと》でもある。

倫太郎《りんたろう》は弟《おとうと》みたいな子《こ》。

倫太郎《りんたろう》もわたしのことをお姉《ねえ》ちゃんみたいな友《とも》だちだと思《おも》ってる。

わたしにとってはこのぐらいの距離感《きょりかん》が心《こころ》にフィットする。

いい距離感《きょりかん》を作《つく》ってくれた多摩子《たまこ》さんには本当《ほんとう》に感謝《かんしゃ》している。

「どうした、結《ゆい》。あたしをじっと見《み》つめて」

多摩子《たまこ》さんがノートパソコンから顔《かお》をあげた。

「なんでもな〜い！」

照《て》れくささもあって、わたしは流行《はや》りの首《くび》ふりダンスをちょっとだけやってみた。

「結《ゆい》は見《み》ていてあきないね」

多摩子《たまこ》さんが笑《わら》ってくれた。

「結《ゆい》ちゃん、さっきもイケメンゴリラやってくれたんだよ。だまっていれば女優《じょゆう》さんみたいな顔《かお》なのに。やることがぜんぜんちがうよね」

倫太郎《りんたろう》がにこにこしゃべると大河《たいが》くんが「どこが女優《じょゆう》だよ。芸人《げいにん》のまちがいだろ」とクッキーをかじる。

「大河《たいが》くん、そう言《い》いながら結《ゆい》ちゃんのこと、見《み》つめてるときあるよね」

倫太郎《りんたろう》がニヤニヤすると、大河《たいが》くんは「バ、バカ！　そんなわけねえだろ」と顔《かお》を赤《あか》くしてわたしから視線《しせん》をそらし、腕《うで》をくんだ。

「はいはい、大《おお》さわぎはそこまで！　ところで小学生《しょうがくせい》のきみたち。この芸能人《げいのうじん》はきみたちの間《あいだ》で人気《にんき》なのかい？」

多摩子《たまこ》さんがノートパソコンをわたしたちに見《み》せる。

倫太郎《りんたろう》と大河《たいが》くんが前《まえ》に乗《の》りだした。

ふたりの背中《せなか》でわたしからは見《み》えないけど、ま、そんなに興味《きょうみ》ないからいいや。

「ぼく、知《し》ってる！　飲《の》み物《もの》のＣＭ《シーエム》に出《で》ているよ。かっこよくて似顔絵《にがおえ》を描《か》いてみたい」

「ああ、あいつか。まあ、男《おとこ》を見《み》る目《め》がない女子《じょし》にはちょうどいいんじゃねえ。でも、いきなりなんで？」

大河《たいが》くんの質問《しつもん》に多摩子《たまこ》さんが答《こた》えた。

「あたしが数年前《すうねんまえ》に書《か》いた短編《たんぺん》、『鈴木《すずき》くんは犯人《はんにん》じゃありません』が今度映画化《こんどえいがか》される。で、主役《しゅやく》の鈴木《すずき》くんをこの男《おとこ》の子《こ》が演《えん》じてくれるんだ。気《き》になって聞《き》いてみた。ああ、確《たし》かにかっこいいね」

すると多摩子《たまこ》さんのスマホの着信音《ちゃくしんおん》がなった。

多摩子《たまこ》さんは「はい、はい」とスマホを耳《みみ》に当《あ》て、その場《ば》をはなれる。

大河《たいが》くんが聞《き》いてきた。

「結《ゆい》はきらいだよな。こんないい気《き》になってそうなやつ」

「結《ゆい》ちゃんだって、好《す》きだと思《おも》うよ」

倫太郎《りんたろう》がニコニコとそう言《い》うので、わたしは両手《りょうて》でバツを作《つく》って本音《ほんね》を言《い》った。

「芸能人《げいのうじん》に興味《きょうみ》なし！　あ、お笑《わら》いだったらちょっと興味《きょうみ》あるかな」

「ほら見《み》ろ！　倫太郎《りんたろう》！」
大河《たいが》くんもわたしの真似《まね》をして両手《りょうて》でバツを作《つく》っている。
そして、３人《にん》で笑《わら》った。
多摩子《たまこ》さん、倫太郎《りんたろう》、そしてとなりの家《いえ》の大河《たいが》くん。
このメンバーでいるととても楽《たの》しい。
けど……わたしには誰《だれ》にも話《はな》していないひみつの思《おも》い出《で》がある。
自分《じぶん》だけの宝箱《たからばこ》にしまっておきたいひみつの思《おも》い出《で》が。
その思《おも》い出《で》がずっとわたしを支《ささ》えてくれている。
「結《ゆい》ちゃん、天川流星《あまかわりゅうせい》くんは見《み》たほうがいい。すごくかっこいい子《こ》だから！」
倫太郎《りんたろう》の声《こえ》に宝箱《たからばこ》のふたがしずかに開《ひら》かれた。
流星《りゅうせい》くん……？
その名前《なまえ》を聞《き》くと、バツを作《つく》っていた腕《うで》が下《お》りていった。
でも天川流星《あまかわりゅうせい》なら名字《みょうじ》がちがうし……。
なのに、心臓《しんぞう》がどくんどくんと鳴《な》りだし、止《と》まらなくなっていった……！

2. 流《なが》れ星《ぼし》の約束《やくそく》

あれは、小学《しょうがく》二年生《ねんせい》のころ。

暑《あつ》い夏《なつ》の日《ひ》。

わたしははじめてみどり寮《りょう》に足《あし》を踏《ふ》みいれた。

お庭《にわ》にはジャングルジム、すべり台《だい》、バスケットゴール。

その奥《おく》にはコンクリートでできた2階建《かいだ》ての建物《たてもの》が三《みっ》つあって、わたり廊下《ろうか》でつながっていた。

真《ま》ん中《なか》の建物《たてもの》には食堂《しょくどう》、みんなの遊《あそ》び場《ば》、職員《しょくいん》さんたちの部屋《へや》。

右《みぎ》の建物《たてもの》には8人《にん》の女《おんな》の子《こ》たちの寝室《しんしつ》とお風呂《ふろ》、左《ひだり》も同《おな》じぐらいの人数《にんずう》の男《おとこ》の子《こ》たちの寝室《しんしつ》がある。

自分《じぶん》が住《す》んでいた家《いえ》よりずっと大《おお》きく学校《がっこう》みたいで、緊張《きんちょう》をこえて怖《こわ》いぐらいだった。

わたしのお父《とう》さんとお母《かあ》さんは川《かわ》の事故《じこ》で死《し》んだ。

突然《とつぜん》すぎてお葬式《そうしき》のときには現実《げんじつ》がぜんぜん受《う》け止《と》められなかった。

そのあとは親《しん》せきの家《いえ》に泊《と》まらせてもらったけど、わたしがいると迷惑《めいわく》みたいで息苦《いきぐる》しかった。

「結《ゆい》ちゃん、お友《とも》だちがたくさんいるところで暮《く》らしてみない？」

親《しん》せきの人《ひと》にすすめられて施設《しせつ》に入《はい》ることになったんだけど……。

わたしは施設《しせつ》の庭《にわ》に立《た》っていても、建物《たてもの》の陰《かげ》からお父《とう》さんお母《かあ》さんが「結《ゆい》、ごめんね。かくれてたんだよー」ってあらわれるんじゃないかと待《ま》っていた。

現実《げんじつ》を受《う》け止《と》められないのに、これからのことを考《かんが》えないといけない。

これからのことを考《かんが》えたら、ここで暮《く》らしている子《こ》たちと仲《なか》よくするしかない。

でも仲《なか》よくできるかどうかなんてわからない。

わたしの心《こころ》は不安《ふあん》でバラバラだったけど、そのバラバラな心《こころ》をだれにも見《み》せたくなかった。

だれかに見《み》せたら心配《しんぱい》をかけるし、自分《じぶん》がもっとバラバラになっちゃうかもしれない。

だから、食堂《しょくどう》でみんなにあいさつをするとき。

バラバラな心《こころ》を体《からだ》の奥《おく》にしまいこんで、ピースサインをして元気《げんき》な声《こえ》を出《だ》した。

「こんにちは～！　大沢結《おおさわゆい》です」

元気《げんき》すぎたみたいで、みんな、口《くち》をぽかんと開《あ》けていた。

けど、そのあとでどっと笑《わら》いが起《お》きた。

作戦成功《さくせんせいこう》とほっとしていると、みんながお腹《なか》をかかえて笑《わら》っているのとはちがう表情《ひょうじょう》でわたしを見《み》つめている子《こ》がいた。

おちついた表情《ひょうじょう》で『そんなふうに笑《わら》うなよ』と目《め》に書《か》いてあった。

それが安藤流星《あんどうりゅうせい》くんだった。

切《き》れ長《なが》の目《め》と、すっとした鼻筋《はなすじ》。

わたしと同《おな》い年《どし》らしいけど、とても大人《おとな》びていた。

わたしの強引《ごういん》な明《あか》るさにイラッとしてそうではじめは流星《りゅうせい》くんが怖《こわ》かった。

でもだんだんとちがうと気《き》づきだす。

流星《りゅうせい》くんの『**そんなふうに笑《わら》うなよ**』って目《め》。

その目《め》には人《ひと》を見守《みまも》る優《やさ》しさがあることにわたしは気《き》がついた。

もしかして『**無理《むり》して笑《わら》わなくていいぞ**』って意味《いみ》なんじゃない？

流星《りゅうせい》くんの目《め》で気《き》づかされた。

わたしは、本当《ほんとう》はだれかに自分《じぶん》のバラバラな心《こころ》に気《き》づいてほしかったんだ。

そして、だれかにちょっとだけ心配《しんぱい》してほしかった。

優《やさ》しくしてほしかった。


夏《なつ》がおわるころ、施設《しせつ》の子《こ》たちが職員《しょくいん》さんと市民《しみん》プールに行《い》くことになった。

「流《なが》れるプール、すごく楽《たの》しいんだよ。結《ゆい》ちゃんも行《い》こう！」

さそわれたけど、わたしは「勉強《べんきょう》がおくれてるから」と断《ことわ》った。

勉強《べんきょう》がおくれているのは事実《じじつ》だけど、本当《ほんとう》は水《みず》が怖《こわ》かった。

お父《とう》さんとお母《かあ》さんはわたしをかばって川《かわ》で亡《な》くなったから。

みんながプールに行《い》ったあと、共同部屋《きょうどうべや》の大《おお》きなテーブルでわたしは宿題《しゅくだい》を始《はじ》めた。

すると、流星《りゅうせい》くんも同《おな》じテーブルで、わたしから3人分《にんぶん》ぐらいはなれたところに座《すわ》って宿題《しゅくだい》をはじめた。

流星《りゅうせい》くんもプールに行《い》かなかったんだ。

どうしてだろう？

でも声《こえ》はかけないで自分《じぶん》の宿題《しゅくだい》と向《む》きあった。

わたしが算数《さんすう》の計算《けいさん》でつまずいていると、彼《かれ》は立《た》ちあがり棚《たな》から小《ちい》さな箱《はこ》を取《と》りだす。

「これ、おはじき。使《つか》うと計算《けいさん》しやすいよ」

それだけ言《い》って、流星《りゅうせい》くんは自分《じぶん》の場所《ばしょ》にもどった。

わたしはおはじきを使《つか》うことで算数《さんすう》のプリントを何《なん》とかおわらせた。

流星《りゅうせい》くんはおはじきを使《つか》わないであっという間《ま》におわらせていた。

流星《りゅうせい》くんに聞《き》いてみた。

「どうして、プールに行《い》かなかったの？」

「夏休《なつやす》みの宿題《しゅくだい》、間《ま》にあわなそうだから」

え、でも流星《りゅうせい》くん、プリントを簡単《かんたん》そうに解《と》いていたよね。

もしかして、わたしがプールに行《い》かないことを気《き》にしてくれた……？

「わたしはね……水《みず》が怖《こわ》いなって。川《かわ》で怖《こわ》い思《おも》いして」

だれにも言《い》いたくなかったのになぜか流星《りゅうせい》くんには言《い》えてしまった。

「そう」

流星《りゅうせい》くんはそれだけ答《こた》えると何《なに》ごともなかったように国語《こくご》のプリントをはじめていた。

秋《あき》の日曜日《にちようび》にはこんなこともあった。

その日《ひ》は親《おや》に会《あ》うってことで何人《なんにん》かの子《こ》が外出《がいしゅつ》していた。

わたしはびっくりした。

みどり寮《りょう》にいる子《こ》はみんなお父《とう》さんもお母《かあ》さんもいないって思《おも》っていたから。

それはわたしの思《おも》いこみだった。

両親《りょうしん》がふたりとも死《し》んでしまった子《こ》はわたしだけで、他《ほか》の子《こ》はみんな、どちらかが亡《な》くなったか、病気《びょうき》、人《ひと》に話《はな》しにくい事情《じじょう》などでこの施設《しせつ》で暮《く》らしているんだと、そのとき、はじめて知《し》った。

両親《りょうしん》が死《し》んでしまったこともつらかったけど、この施設《しせつ》の中《なか》で両親《りょうしん》がふたりとも死《し》んでしまったのは自分《じぶん》だけだってことがさらに追《お》い打《う》ちをかけてきた。

ひとりぼっちって気持《きも》ちを二度《にど》体験《たいけん》したみたいで……。

そんなことを考《かんが》えて視線《しせん》を落《お》としたら、着《き》ているブラウスの星形《ほしがた》のボタンが取《と》れていることに気《き》がついた。

それはお母《かあ》さんが最後《さいご》に買《か》ってくれた服《ふく》。

お母《かあ》さんが「星《ほし》のボタン、かわいいね」ってお店《みせ》で選《えら》んでくれた思《おも》い出《で》がよみがえる。

わたしにとっては世界《せかい》で一《ひと》つしかない大切《たいせつ》なボタン、さがさなきゃ！

寝室《しんしつ》、食堂《しょくどう》、わたり廊下《ろうか》、みんなに気《き》づかれないように目《め》だけを動《うご》かし、ボタンを必死《ひっし》でさがしまわった。

さがしても見《み》つからず、どんどん不安《ふあん》になり、また心《こころ》がバラバラになっていく。

今思《いまおも》えば、だれかに話《はな》せば、きっと全員《ぜんいん》でさがしてくれたはず。

でもそれができなかった。

不安《ふあん》でバラバラになっている心《こころ》を隠《かく》すのがいつの間《ま》にかクセになっていた。

そうだ、午前中《ごぜんちゅう》、ジャングルジムで遊《あそ》んだっけ！

あわてて外《そと》に飛《と》びだした。

すると流星《りゅうせい》くんがジャングルジムの周囲《しゅうい》で下《した》を向《む》きながら何《なに》かをさがしていた。

「あった！　はい」

流星《りゅうせい》くんがわたしの手《て》のひらに星形《ほしがた》のボタンをのせてくれた。

流星《りゅうせい》くんはわたしがボタンをさがしてることに気《き》がついていた。

わたしがジャングルジムで遊《あそ》んでいたのを思《おも》い出《だ》し、先回《さきまわ》りしてさがしてくれたんだ。

バラバラな心《こころ》を必死《ひっし》で隠《かく》していたのに流星《りゅうせい》くんだけには、バレバレだった！

涙《なみだ》が一気《いっき》にあふれだす。

「いつから気《き》がついてたの？　こんな小《ちい》さなものをさがしているってどうしてわかったの？　み

んなに心配《しんぱい》かけないようにしていたのに」

「おれには心配《しんぱい》かけていい」

流星《りゅうせい》くんが笑《わら》った。

なんで流星《りゅうせい》くんはわたしに優《やさ》しいの？　わたしの心《こころ》を見《み》ぬいているの？

「これ、お母《かあ》さんが生《い》きてるときに最後《さいご》に買《か》ってくれた服《ふく》なの。だからとっても大切《たいせつ》で。わたしはお父《とう》さんもお母《かあ》さんも死《し》んじゃったんだけど」

「そっか。じゃあ見《み》つかってよかったな。本当《ほんとう》によかった」

流星《りゅうせい》くんはまるで自分《じぶん》のことのように『よかった』を笑顔《えがお》でくりかえしていた。

いつもは切《き》れ長《なが》の目《め》が大人《おとな》びて見《み》えるけど、『よかった』をくりかえす流星《りゅうせい》くんの目《め》は三日月《みかづき》みたいで、子《こ》どもらしくかわいらしかった。

でも、ふっと真顔《まがお》になった。

「おれの両親《りょうしん》は生《い》きているか死《し》んでいるかもわからないんだ」

「え……」

「おれ、乳児院《にゅうじいん》って赤《あか》ちゃんをあずかる施設《しせつ》の前《まえ》に置《お》かれていたんだって。服《ふく》に流星《りゅうせい》って名前《なまえ》だけが刺繍《ししゅう》されていた。名字《みょうじ》はだれかが勝手《かって》につけたらしい」

胸《むね》が苦《くる》しくなった。

流星《りゅうせい》くんは自分《じぶん》のお父《とう》さんお母《かあ》さんに会《あ》ったことがない。

生《い》きているか死《し》んでいるかもわからないって、わたしよりもずっとつらいはず。

なのに流星《りゅうせい》くんは空《そら》を見上《みあ》げてこう言《い》った。

「両親《りょうしん》に会《あ》えないのは悲《かな》しいし、どんな事情《じじょう》があったのかは想像《そうぞう》もつかない。だけど、おれは流《りゅう》星《せい》って自分《じぶん》の名前《なまえ》を大切《たいせつ》にしている。それだけが両親《りょうしん》との唯一《ゆいいつ》のつながりだから」

流星《りゅうせい》くんの強《つよ》さと空《そら》を見上《みあ》げる横顔《よこがお》に胸《むね》がしめつけられた。

わたしは無性《むしょう》に流星《りゅうせい》くんをはげましたくなった。

自分《じぶん》にそんな力《ちから》はないけど、少《すこ》しでも流星《りゅうせい》くんの力《ちから》になりたかった。

「流星《りゅうせい》くんのお父《とう》さんお母《かあ》さんはきっと流星《りゅうせい》くんみたいに優《やさ》しい人《ひと》だよ。だって流星《りゅうせい》くんのお父《とう》さんお母《かあ》さんだもん」

流星《りゅうせい》くんが「え」とわたしを見《み》た。

「わたしには流星《りゅうせい》くんの優《やさ》しいお父《とう》さんお母《かあ》さんが見《み》えるよ」

目《め》を閉《と》じて水晶玉《すいしょうだま》にふれる動《うご》きを一生懸命《いっしょうけんめい》やってみる。

「占《うらな》い師《し》かよ」

流星《りゅうせい》くんが顔《かお》をくしゃくしゃにして笑《わら》った。

くしゃくしゃな流星《りゅうせい》くんの笑顔《えがお》はびっくりするぐらいかわいかった。

「結《ゆい》、ありがとう。元気出《げんきで》た」

「え？」

「おれの名前《なまえ》にも星《ほし》が入《はい》ってるけど、そのボタンも星《ほし》の形《かたち》だな。おれたち縁《えん》があるのかな。上手《うま》く言《い》えないけどつながりっていうか……」

つながりって言葉《ことば》にどきんとした。

わたしは流星《りゅうせい》くんに何《なに》かを伝《つた》えたかった。

でもその何《なに》かがわからない。

わたしと流星《りゅうせい》くんには両親《りょうしん》がいないって悲《かな》しみがある。

流星《りゅうせい》くんはわたしを気《き》にかけ優《やさ》しくしてくれる。

わたしも流星《りゅうせい》くんをちょっとだけど、今《いま》みたいにはげませるかもしれない。

だからわたしたちにはつながりがあって……！

だったら……！

「ずっと」

流星《りゅうせい》くんといっしょにいたい！　流星《りゅうせい》くんと家族《かぞく》になりたい！　と言《い》いたかった。

だけど、「ずっと」から先《さき》が言《い》えず、口《くち》がもごもごしてしまった。

もごもごしながら流星《りゅうせい》くんと目《め》があった。

もしかして、わたしが言《い》おうとしたことわかっちゃった？

わたしははずかしくて走《はし》ってその場《ば》から逃《に》げた。


そして忘《わす》れもしないあの冬《ふゆ》の夜《よる》。

学校《がっこう》から施設《しせつ》に帰《かえ》る途中《とちゅう》、流星《りゅうせい》くんが話《はな》しかけてきた。

「結《ゆい》は流《なが》れ星《ぼし》って見《み》たことあるか？」

「ううん」

「おれも無《な》いんだ。でも今日《きょう》の夜《よる》、ふたご座《ざ》流星群《りゅうせいぐん》っていう流《なが》れ星《ぼし》が見《み》られるかもしれない。おれ、自分《じぶん》の名前《なまえ》が流星《りゅうせい》だから、どうしても見《み》てみたい」

流星《りゅうせい》くんは一生懸命《いっしょうけんめい》話《はな》していた。

あ！　流星《りゅうせい》って名前《なまえ》は流星《りゅうせい》くんの両親《りょうしん》が唯一《ゆいいつ》、残《のこ》してくれたもの。

だから流星《りゅうせい》くんはどうしても流《なが》れ星《ぼし》が見《み》たくて、そしてわたしをさそってくれている。

それはつながりを感《かん》じてくれているから……！

「わたしも流《なが》れ星《ぼし》が見《み》たい！」

はじけた声《こえ》を出《だ》すと流星《りゅうせい》くんは喜《よろこ》び、自分《じぶん》の計画《けいかく》を話《はな》してくれた。

「流《なが》れ星《ぼし》は夜中《よなか》のほうが見《み》られる確率《かくりつ》が高《たか》いんだ。玄関《げんかん》はカギがかかる。調理場《ちょうりば》から庭《にわ》に出《で》られるドアがあるだろ。今《いま》、カギがこわれている。だから、そこに11時《じ》に待《ま》ちあわせだ」

消灯《しょうとう》は9時《じ》。

そのあとに流星《りゅうせい》くんと待《ま》ちあわせなんてドキドキしてきた。

「もし、職員《しょくいん》さんに見《み》つかったら、ひとりでいたとしてもおれといたとしても、流星《りゅうせい》くんにさそわれたって言《い》え。いいな、必《かなら》ず、そう言《い》うんだぞ」

流星《りゅうせい》くん、自分《じぶん》のせいにする気《き》なんだろうけど、絶対《ぜったい》に見《み》つからないし、見《み》つかったらわたしがさそいましたって言《い》えばいいやって思《おも》った。

そして、消灯《しょうとう》のあと。

うっかり眠《ねむ》ってしまわないように、お布団《ふとん》の中《なか》で指《ゆび》や耳《みみ》を引《ひ》っぱりつづけた。

11時前《じまえ》ぐらいになると、他《ほか》の子《こ》を起《お》こさないようにそっと起《お》きてドアを開《あ》けた。

階段《かいだん》を下《お》りて調理場《ちょうりば》に入《はい》ると毛布《もうふ》を持《も》っている流星《りゅうせい》くんがいた。

流星《りゅうせい》くん、準備《じゅんび》が完《かん》ぺき！

庭《にわ》につながるドアを開《あ》けると、大人用《おとなよう》のサンダルが二《ふた》つあってわたしと流星《りゅうせい》くんは足《あし》をいれた。

歩《ある》きにくくて、転《ころ》びそうになると流星《りゅうせい》くんが手《て》をつないでくれた。

胸《むね》の奥《おく》できゅっと音《おと》がした。

流星《りゅうせい》くんがボタンを拾《ひろ》ってくれたジャングルジムにわたしたちは腰《こし》かけた。

「寒《さむ》いだろ」

流星《りゅうせい》くんがわたしと自分《じぶん》を一枚《まい》の毛布《もうふ》でくるんだ。

寒《さむ》いどころか心《こころ》の底《そこ》から温《あたた》かかった。

しばらくふたりで夜空《よぞら》をながめていると、流星《りゅうせい》くんが「あ」って指《ゆび》さした。

いっしゅんだったけど、星《ほし》が流《なが》れた！

わたしはとてもうれしくて「流《なが》れ星《ぼし》、流《なが》れ星《ぼし》」って声《こえ》を出《だ》す。

流星《りゅうせい》くんはわたしを見《み》つめ笑《わら》ってくれた。

むじゃきな笑顔《えがお》ではなくわたしを包《つつ》んでくれるような笑顔《えがお》だった。

「もう一度《いちど》、見《み》られるかな？」

わたしが期待《きたい》で胸《むね》をふくらませていると、突然《とつぜん》、流星《りゅうせい》くんが言《い》った。

「おれ、ひきとってくれる人《ひと》が見《み》つかった」

ふくらんでいた心《こころ》がすっとしぼんでいく。

夢《ゆめ》の世界《せかい》から現実《げんじつ》につきおとされたみたいだった。

おちついて考《かんが》えればわたしと流星《りゅうせい》くんは未来《みらい》がどうなるかわからなすぎる。

ボタンをさがしてくれたとき、『ずっと』っていきなり口《くち》にしてしまったのは、こうなることをうすうす気《き》づき、予感《よかん》していたのかもしれない。

「そっか。よかったね」

がんばって笑《わら》おうと思《おも》ったけどぜんぜんできない。

流星《りゅうせい》くん以外《いがい》の子《こ》に言《い》われたら明《あか》るく笑《わら》えたはず。

流星《りゅうせい》くんの前《まえ》ではだめだった。

ほほをすっと涙《なみだ》が流《なが》れると、流星《りゅうせい》くんが指《ゆび》でぬぐってくれた。

「大人《おとな》になったら、またいっしょに流《なが》れ星《ぼし》を見《み》よう。いっしょに暮《く》らそう」

胸《むね》の奥《おく》に熱《あつ》いものがこみあげる。

流星《りゅうせい》くんはわたしと同《おな》じことを考《かんが》えていた。

わたしは自分《じぶん》が置《お》かれた環境《かんきょう》を不幸《ふこう》とは思《おも》いたくない。

でも、どうしようもないさびしさがあって、ひとりではたえられない。
けど、流星《りゅうせい》くんに出会《であ》えた。
流星《りゅうせい》くんもわたしと出会《であ》えた。
わたしたちは、わたしと流星《りゅうせい》くんにしかわからないつながりで結《むす》ばれているんだ。
「うん！　大人《おとな》になったらまたいっしょに流《なが》れ星《ぼし》を見《み》よう。いっしょに暮《く》らそう」
すると、再《ふたた》び星《ほし》が流《なが》れた。
「大人《おとな》になったらいっしょに流《なが》れ星《ぼし》、いっしょに暮《く》らす」
わたしは目《め》を閉《と》じて、指《ゆび》と指《ゆび》をからませて早口言葉《はやくちことば》みたいに口《くち》を動《うご》かした。
目《め》を開《あ》けると流星《りゅうせい》くんと目《め》があった。
流星《りゅうせい》くんの瞳《ひとみ》にはうっすらと涙《なみだ》がにじんでいて、流《なが》れ星《ぼし》よりきれいだった。
流星《りゅうせい》くんはわたしとお別《わか》れすることで泣《な》いているんじゃない。
わたしと約束《やくそく》できたことがうれしくて泣《な》いているんだ。
流星《りゅうせい》くんが片手《かたて》でわたしのほほにふれてくれた。
その手《て》を包《つつ》むようにわたしは両手《りょうて》を重《かさ》ねた。
そして、流星《りゅうせい》くんは施設《しせつ》を出《で》て、わたしもその数《すう》か月後《げつご》にひきとられた。

「結《ゆい》ちゃん、なにぼーっとしているの？」

倫太郎《りんたろう》の声《こえ》にはっと我《われ》に返《かえ》る。

流星《りゅうせい》って名前《なまえ》を聞《き》いたら、宝箱《たからばこ》から次々《つぎつぎ》とひみつの思《おも》い出《で》がひきだされてしまった。

「あはは、宇宙《うちゅう》と交信《こうしん》しちゃった。来年《らいねん》、火星人《かせいじん》が遊《あそ》びに来《く》るらしいよ」

倫太郎《りんたろう》と大河《たいが》くんが顔《かお》を見《み》あわせ、どっと笑《わら》ってくれた。

この家《いえ》での暮《く》らしはとても楽《たの》しく温《あたた》かく、多摩子《たまこ》さんにはすごく感謝《かんしゃ》している。

もちろん倫太郎《りんたろう》と大河《たいが》くんにも。

けど、わたしは流星《りゅうせい》くんのことを忘《わす》れた日《ひ》は一日《にち》もない。

多摩子《たまこ》さんに名字《みょうじ》をどうするか聞《き》かれたときも、すぐ頭《あたま》にうかんだのが流星《りゅうせい》くんだった。

名字《みょうじ》を変《か》えないほうが流星《りゅうせい》くんはわたしを見《み》つけやすいって思《おも》ったんだ。

大河《たいが》くんと倫太郎《りんたろう》が多摩子《たまこ》さんのノートパソコンで天川流星《あまかわりゅうせい》くんの公式《こうしき》プロフィールをのぞいていた。

名字《みょうじ》がちがうけど、名前《なまえ》はいっしょだし、今《いま》すぐ顔《かお》が見《み》たい！

首《くび》をのばすと、写真《しゃしん》の天川流星《あまかわりゅうせい》くんと目《め》があった。

その瞬間《しゅんかん》、流星《りゅうせい》くんといっしょに暮《く》らしたあのころに時間《じかん》が巻《ま》きもどされた。

すっとした鼻筋《はなすじ》、切《き》れ長《なが》の目《め》……大人《おとな》びていてクールに見《み》えるけど、目《め》には人《ひと》を見守《みまも》るような優《やさ》しさがある。

わたしが知《し》っている流星《りゅうせい》くんだ！　まちがいない！

「うん、小六《しょう》だけど……。結《ゆい》！　映画《えいが》のエキストラってやってみたい？」

多摩子《たまこ》さんがスマホをにぎりながらこっちに戻《もど》って来《き》た。

「映画《えいが》のエキストラ？」

「そこに映《うつ》ってる天川流星《あまかわりゅうせい》くんの主演映画《しゅえんえいが》、クラスメイトのエキストラがあとひとりほしいんだって。授業《じゅぎょう》のシーンだから座《すわ》ってるだけでいいって」

心臓《しんぞう》が止《と》まりそうになる。

それって、流星《りゅうせい》くんに会《あ》えるってことだよね！

「結《ゆい》ちゃん、面白《おもしろ》そう！　やりなよ」

「結《ゆい》がやるならおれもやる！　おれも六年生《ねんせい》で4番《ばん》キャッチャー、しかもキャプテン！」

「ごめん大河《たいが》くん。女子《じょし》がほしいらしい」

「なんだよ、それ！」

大河《たいが》くんが腕《うで》を組《く》んでほほをふくらませると倫太郎《りんたろう》が笑《わら》っていた。
そんなふたりのとなりで、わたしは心臓《しんぞう》の音《おと》が大《おお》きくなったままだった。
ずっと流星《りゅうせい》くんとの再会《さいかい》を信《しん》じていた。
どこに住《す》んでいるかもわからないのに、ずっと信《しん》じていた、願《ねが》っていた。
もしかしたら、あの日《ひ》の流《なが》れ星《ぼし》がかなえてくれたのかもしれない。
「やってみようかな。エキストラ」
冷静《れいせい》をよそおって答《こた》えたけど胸《むね》の奥《おく》はうれしさではちきれそうだった。
……流星《りゅうせい》くんに会《あ》える！

3. 流星《りゅうせい》くんに会《あ》えるかも！

その日《ひ》はやって来《き》た。

多摩《たま》子《こ》さんはしめきり前《まえ》でいそがしいのについて来《こ》ようとしたけれど、わたしは「ひとりで行《い》きたい。大人《おとな》になるための冒険《ぼうけん》！」と言《い》って駅《えき》に向《む》かった。

多摩《たま》子《こ》さんには流星《りゅうせい》くんのことはまだ話《はな》していない。

あの思《おも》い出《で》はふたりだけの大切《たいせつ》なものだから……。

はじめは流星《りゅうせい》くんに会《あ》えると舞《ま》いあがっていたけど、よく考《かんが》えたら、流星《りゅうせい》くんの状況《じょうきょう》がぜんぜんわからない。

生《お》い立《た》ちをふせているかもしれない。

悲《かな》しいけど、わたしを忘《わす》れている可能性《かのうせい》だってある。

わたしが流星《りゅうせい》くんと話《はな》せるチャンスがあるかどうかもわからない。

だから、昨日《きのう》の夜《よる》、手紙《てがみ》を書《か》いたんだ。

とにかく、チャンスを見《み》てこの手紙《てがみ》だけをわたそう。

そのぐらいなら流星《りゅうせい》くんの迷惑《めいわく》にはならないはず！

そして、流星《りゅうせい》くんがわたしのことをおぼえていて、おれのことを話《はな》していいよって言《い》ってくれたら、多摩子《たまこ》さんに「多摩子《たまこ》さんの小説《しょうせつ》のおかげで友《とも》だちと再会《さいかい》できた！」って話《はな》そう。

でも流《なが》れ星《ぼし》の約束《やくそく》はわたしと流星《りゅうせい》くんだけのひみつ……！


駅《えき》に降《お》りて、地図《ちず》通《どお》りに歩《ある》くと撮影現場《さつえいげんば》らしき小学校《しょうがっこう》があった。

校門《こうもん》の前《まえ》に男《おとこ》の人《ひと》が立《た》っていた。

手《て》にはバインダーでとめた書類《しょるい》、ズボンのおしりのポケットに丸《まる》めた台本《だいほん》を入《い》れ、腰《こし》にはガムテープを下《さ》げている。

たぶん、多摩子《たまこ》さんが教《おし》えてくれたアシスタントディレクター、略《りゃく》してAD《エーディー》って人《ひと》だ。

「あ、エキストラの子《こ》かな？　名前《なまえ》教《おし》えてもらえる？」

「大沢結《おおさわゆい》です」

緊張《きんちょう》しながら声《こえ》にした。

「大沢結《おおさわゆい》さんは原作者《げんさくしゃ》のお子《こ》さんってきいているんだけど」

「はい、そうです。親子《おやこ》です」

多摩子《たまこ》さんもわたしも、親《した》しい人《ひと》か、この人《ひと》にはしっかり説明《せつめい》しないといけないってときだけ『里親《さとおや》』『育《そだ》ての親《おや》』って言葉《ことば》を使《つか》うけど、それ以外《いがい》は『親子《おやこ》』としか言《い》わない。

「ぼ、ぼく、AD《エーディー》の久保田《くぼた》っていいます。ど、ど、ど、どうぞこちらに」

久保田《くぼた》さんが急《きゅう》に硬《かた》くなりながらわたしを案内《あんない》してくれた。

多摩子《たまこ》さんはいつもすっぴんでT《ティー》シャツだし、スーパーの特売《とくばい》セールに自転車《じてんしゃ》をかっとばしたりするから忘《わす》れがちだけど、ミステリー作家《さっか》ってことで、大人《おとな》の世界《せかい》ではそれなりの人《ひと》なんだよね……。

わたしもはじめての場所《ばしょ》、はじめての撮影現場《さつえいげんば》、そして流星《りゅうせい》くんに会《あ》えるって緊張《きんちょう》しているのに、大人《おとな》に緊張《きんちょう》されたら相乗効果《そうじょうこうか》で心臓《しんぞう》がどんどんバクバクしてきた。

昇降口《しょうこうぐち》から校舎《こうしゃ》の中《なか》に入《はい》る。

小学校《しょうがっこう》ってどこも同《おな》じような造《つく》りなんだなあ。

2階《かい》にあがると廊下《ろうか》に見《み》たこともない撮影用《さつえいよう》の機材《きざい》が置《お》かれていた。

教室《きょうしつ》に入《はい》ると同《おな》じ年《とし》ぐらいの子《こ》たちがほとんどの席《せき》をうめている。

社会《しゃかい》の授業《じゅぎょう》のシーンを撮《と》るらしい。

「カメラOK《オーケー》です」

「照明《しょうめい》、少《すこ》し時間《じかん》ください」

映画《えいが》って画面《がめん》に映《うつ》っている範囲《はんい》しか見《み》たことなかったけど、その外《そと》には俳優《はいゆう》以外《いがい》のたくさんのスタッフがいるんだな。

「大沢結《おおさわゆい》さんはここで」

久保田《くぼた》さんが椅子《いす》を引《ひ》いてくれてそこに座《すわ》った。

するととなりの席《せき》の男《おとこ》の子《こ》と目《め》があった。

メガネをかけていて真面目《まじめ》そうな子《こ》で「よろしくお願《ねが》いします」と頭《あたま》を下《さ》げてくれた。

わたしも「よろしくお願《ねが》いします」と頭《あたま》を下《さ》げる。

小学生同士《しょうがくせいどうし》でよろしくお願《ねが》いしますってまず言《い》わない……。

そうか、ここはわたしが今《いま》まで体験《たいけん》したことのない特別《とくべつ》な空間《くうかん》なんだ。

流星《りゅうせい》くんに会《あ》える以外《いがい》の緊張《きんちょう》が背中《せなか》を走《はし》った。

「ぼく、**加山龍之介**《かやまりゅうのすけ》っていいます。劇団《げきだん》コスモスから来《き》ました。撮影現場《さつえいげんば》ははじめてでして。粗相《そそう》がありましたらご指導《しどう》をお願《ねが》いします」

「わ、わたしもはじめてで。何《なに》が何《なん》だかわからなく座《すわ》ってます。えへへ。あ、名前《なまえ》は大沢結《おおさわゆい》です」

しっかりした真面目《まじめ》な子《こ》だ。

劇団《げきだん》コスモスって有名《ゆうめい》な劇団《げきだん》なのかな？　ぜんぜんわからない。

「ぼくはこの作品《さくひん》の原作《げんさく》も読《よ》んだことがあります。西川多摩子《にしかわたまこ》さんはすばらしい作家《さっか》です」

「へえ」

帰《かえ》ったら多摩子《たまこ》さんに報告《ほうこく》しよう、きっと喜《よろこ》んでくれるはず。

『鈴木《すずき》くんは犯人《はんにん》じゃありません』は西川多摩子児童書短編集《にしかわたまこじどうしょたんぺんしゅう》に載《の》った作品《さくひん》。

小学校《しょうがっこう》で怪事件《かいじけん》が起《お》きつづけ、だれかがじょうだんで「犯人《はんにん》は鈴木《すずき》くんだったりして」と口《くち》にしたら、盛《も》りあがって、校内《こうない》で鈴木《すずき》くん犯人説《はんにんせつ》がひとり歩《ある》きしてしまう。

鈴木《すずき》くんは頭《あたま》がよく人気者《にんきもの》だった分《ぶん》、ショックで学校《がっこう》を休《やす》む。

けど、休《やす》んでいる間《あいだ》に自分《じぶん》なりに調査《ちょうさ》して犯人《はんにん》は学校《がっこう》にうらみを持《も》つ担任《たんにん》だったとわかる。

だから、作品《さくひん》の中《なか》で重要《じゅうよう》なのは天川流星《あまかわりゅうせい》が演《えん》じる鈴木《すずき》くんと、犯人《はんにん》の担任《たんにん》なんだ。

「担任役《たんにんやく》の小島秀俊《こじまひでとし》さん入《はい》ります！」

AD《エーディー》の久保田《くぼた》さんが大《おお》きな声《こえ》を出《だ》すと、ドラマや映画《えいが》でよく見《み》る俳優《はいゆう》が入《はい》ってきた。

背筋《せすじ》がまっすぐでピカーッて光《ひか》り輝《かがや》いている。

「犯人《はんにん》なのにかっこいい！」

思《おも》わず口《くち》にしてしまうと、みんながちらりとこっちを見《み》た。

しまった、言《い》っちゃいけなかったのかも。

でも、ピカーッて光《ひか》り輝《かがや》く大人《おとな》なんて見《み》たことがないし、テンションが上《あ》がるのはしかたがないよ。

「結《ゆい》さん、普通《ふつう》の小学生《しょうがくせい》みたいな口《くち》の利《き》き方《かた》はまずいよ。ここは学校《がっこう》じゃない。真剣勝負《しんけんしょうぶ》の場所《ばしょ》だから」

加山《かやま》くんがわたしを心配《しんぱい》しながら小《ちい》さな声《こえ》で注意《ちゅうい》してくれた。

「真剣勝負《しんけんしょうぶ》？」

加山《かやま》くんの注意《ちゅうい》にとまどいながら周囲《しゅうい》を見《み》まわした。

これだけ小学生《しょうがくせい》が集《あつ》まればおしゃべりしたり、立《た》ちあがって遊《あそ》んだりする子《こ》がいるはずなのに、だれもいない。

おそらく、どの子《こ》も普段《ふだん》の自分《じぶん》を捨《す》てていて、異様《いよう》な緊張感《きんちょうかん》がただよっていた。

「セリフがなくてもエキストラでも、天川流星《あまかわりゅうせい》くんと同《おな》じ空間《くうかん》にいられるってすごいことだよね。ぼくは今《いま》までたくさんのオーディションに落《お》ちているんだけど、今回《こんかい》は作戦《さくせん》を立《た》てた。ぼくはよく周囲《しゅうい》から『真面目《まじめ》で堅《かた》い』って言《い》われる。だからそれを活《い》かして、オーディションでメガネをかけてみた。そうしたら受《う》かった。やっとつかんだ一歩《いっぽ》だ」

「ふだんはメガネをかけてないの？」

「うん」

息《いき》をのんだ。

わたしは多摩子《たまこ》さんの力《ちから》があるからするっとこの場所《ばしょ》に来《こ》られたけれど、エキストラ参加《さんか》するってだけでも、大変《たいへん》なことなんだ。

それぞれが自分《じぶん》で自分《じぶん》の役割《やくわり》を考《かんが》えないとこの場所《ばしょ》には入《はい》れない。

わたしも、ここにいる以上《いじょう》は、意識《いしき》を高《たか》く持《も》とう！

「ところでさ。天川流星《あまかわりゅうせい》くんってそんなにすごいの？」

「事務所《じむしょ》の人《ひと》から聞《き》いてないの？」

加山《かやま》くんはあきれていた。

そして、先生役《せんせいやく》の小島《こじま》さん、前《まえ》のほうに座《すわ》っているツインテールの女《おんな》の子《こ》を指《ゆび》さす。

ふたりとも、お腹《なか》でも痛《いた》いのかなって顔《かお》をしながらセリフをぶつぶつつぶやいていた。

あのツインテールの女《おんな》の子《こ》はたぶん、鈴木《すずき》くんのクラスメイトで面白《おもしろ》い女《おんな》の子《こ》、柚《ゆず》ちゃんを演《えん》じる子《こ》だ。

多摩子《たまこ》さんが柚《ゆず》ちゃんを演《えん》じる子《こ》は芸名《げいめい》も柚《ゆず》で、ファッション雑誌《ざっし》で活躍《かつやく》しているって言《い》っていた。

加山《かやま》くんが語《かた》りだす。

「流星《りゅうせい》くんは実力《じつりょく》も人気《にんき》もある。そして人《ひと》の失敗《しっぱい》はゆるさない。ぼくは撮影現場《さつえいげんば》ってはじめてだけど、劇団《げきだん》の子《こ》の話《はなし》によるとほんわかした現場《げんば》もたくさんあるらしい。きっと、この緊張感《きんちょうかん》は流《りゅう》星《せい》くんが作《つく》っているところもある。ぼくがもし、粗相《そそう》をしたら劇団《げきだん》の子《こ》たちが流星《りゅうせい》くんの現場《げんば》には来《こ》られなくなる。責任重大《せきにんじゅうだい》だ」

想像《そうぞう》できなかった。

わたしが知《し》っている流星《りゅうせい》くんは人《ひと》の失敗《しっぱい》をゆるし、はげます子《こ》だ。

もしかして、人《ひと》ちがいだった……？

「天川流星《あまかわりゅうせい》くん、入《はい》ります！」

久保田《くぼた》さんの声《こえ》が聞《き》こえた瞬間《しゅんかん》。

胸《むね》の奥《おく》が苦《くる》しくて押《お》しつぶされそうになる。

あの日《ひ》の流星《りゅうせい》くんの手《て》のぬくもりがよみがえる。

破裂《はれつ》しそうな想《おも》いで、わたしは入《い》り口《ぐち》を見《み》た。

4. 運命《うんめい》の再会《さいかい》

――**星《ほし》が流《なが》れ落《お》ちた。**


彼《かれ》が入《はい》ってきた瞬間《しゅんかん》、わたしにはそう見《み》えた。そう思《おも》えたんだ。

彼《かれ》がわたしの知《し》っている流星《りゅうせい》くんなのかどうか、いっしゅん、そのことは頭《あたま》から消《き》えた。

わたしは今《いま》、天川流星《あまかわりゅうせい》という芸能人《げいのうじん》のオーラに完全《かんぜん》にのみこまれてしまった。

担任役《たんにんやく》の小島《こじま》さんにはかっこいいって言《い》えちゃったけど、そんな簡単《かんたん》な言葉《ことば》、口《くち》には出《だ》せない。

「よろしくお願《ねが》いします」

流星《りゅうせい》くんはつぶやくような小《ちい》さな声《こえ》を出《だ》す。

『結《ゆい》』ってよんでくれていたあの声《こえ》だ。

一度目《いちどめ》を閉《と》じ、ゆっくりと開《あ》ける。

切《き》れ長《なが》の目《め》、すっとした鼻筋《はなすじ》、流星《りゅうせい》くんそのものだ！　まちがいない！

会《あ》えた、やっと会《あ》えたんだ！

「それではシーン25、授業中《じゅぎょうちゅう》の撮影《さつえい》を始《はじ》めます。流星《りゅうせい》くん、準備《じゅんび》いいかな」

だれかわからないけど大人《おとな》の声《こえ》がした。

「いつでもどうぞ」

「エキストラのみんな、授業中《じゅぎょうちゅう》の顔《かお》してね。それではスタート」

え、撮影《さつえい》、始《はじ》まったの？

わたしは座《すわ》ってればいいだけだよね。

流星《りゅうせい》くんに再会《さいかい》できて舞《ま》いあがっている場合《ばあい》じゃない。

おちついていないと、他《ほか》の人《ひと》に迷惑《めいわく》がかかる。

小島《こじま》さんはすでに、この教室《きょうしつ》の担任《たんにん》として黒板《こくばん》の前《まえ》に立《た》っていた。

「豊臣秀吉《とよとみひでよし》は天下《てんか》を統一《とういつ》した。いいか、歴史上《れきしじょう》の人物《じんぶつ》はちゃんと漢字《かんじ》で覚《おぼ》えること。前回《ぜんかい》のテスト、おだのぶながってひらがなで書《か》いたから丸《まる》をつけられなかった子《こ》がいたぞ」

すごい！　本物《ほんもの》の先生《せんせい》みたい！

このあと柚《ゆず》ちゃんが「ひらがなでもいいじゃーん」ってむじゃきに言《い》い、教室《きょうしつ》のみんなも笑《わら》う。

と、台本《だいほん》には書《か》いてあったんだけど。

「ひ、ひ、ひらがにゃでもいいじゃん」

柚《ゆず》ちゃんは呂律《ろれつ》がまわらず、無邪気《むじゃき》に笑《わら》うどころか引《ひ》きつっていた。

「カット！」

撮影《さつえい》が一度《いちど》、中止《ちゅうし》になった。

その場《ば》にいる全員《ぜんいん》がおそるおそる流星《りゅうせい》くんに視線《しせん》をむける。

「真面目《まじめ》にやりましょうよ」

流星《りゅうせい》くんが氷《こおり》のように冷《つめ》たく笑《わら》った。

あまりにも冷淡《れいたん》な態度《たいど》に思《おも》わず目《め》を見《み》はる。

「ごめんなさい！」

柚《ゆず》ちゃん役《やく》の子《こ》は立《た》ちあがり何度《なんど》も頭《あたま》を下《さ》げていた。

わたしは演技《えんぎ》も芸能界《げいのうかい》も撮影《さつえい》も知《し》らない。

けど、主役《しゅやく》にあんな言《い》い方《かた》をされたら委縮《いしゅく》してまた失敗《しっぱい》しちゃうんじゃない？

それに、なにより……さっきの氷《こおり》のような笑《わら》い方《かた》、流星《りゅうせい》くんとは思《おも》えない。

わたしが知《し》ってる流星《りゅうせい》くんなら、失敗《しっぱい》した子《こ》を笑顔《えがお》ではげますはずなのに……！

「よし、気《き》を取《と》りなおして！　スタート」

撮影《さつえい》が再開《さいかい》された。

けど、柚《ゆず》ちゃんの演技《えんぎ》は次《つぎ》もうまくいかなかった。

そのたびに流星《りゅうせい》くんは「あーあ」と伸《の》びをしたりいやな態度《たいど》をとったりする。

でも5回目《かいめ》でやっとうまくいきOK《オーケー》が出《で》た。

柚《ゆず》ちゃんは泣《な》きそうだ。

顔《かお》は似《に》ているけどちがう……。

わたしが知《し》っている流星《りゅうせい》くんとはあまりにもちがう。

もしかして、天川流星《あまかわりゅうせい》は安藤流星《あんどうりゅうせい》くんじゃない？

わたし、かんちがいした……？

「結《ゆい》さん、顔色悪《かおいろわる》いけどだいじょうぶ？　……くしゅん」

加山《かやま》くんが声《こえ》をかけてくれた。

「ありがとう。それより、そこ寒《さむ》くない？　わたしも右肩《みぎかた》だけ寒《さむ》いんだけど、空調《くうちょう》の向《む》きがよくないんじゃないかな？　久保田《くぼた》さんに言《い》ってみようか」

「結《ゆい》さん、ぼくたちはそんなことをお願《ねが》いできる立場《たちば》じゃないから。くさるほどたくさんいる子《こ》役《やく》の中《なか》で、やっとのことでここにいるんだよ」

加山《かやま》くんの話《はなし》にまたびっくりさせられる。

大変《たいへん》な世界《せかい》に来《き》てしまった……！

「次《つぎ》！　シーン25のつづき。鈴木《すずき》くんの長《なが》ゼリフを撮《と》りまーす！　みんな物音《ものおと》は立《た》てないように。スタート！」

冷《ひ》ややかでいじわるそうな天川流星《あまかわりゅうせい》が、いっしゅんでみんなに愛《あい》される鈴木《すずき》くんの顔《かお》に変《か》わった。

まずは先生《せんせい》のセリフから始《はじ》まる。

「豊臣秀吉《とよとみひでよし》はしたたかで、織田信長《おだのぶなが》は冷酷《れいこく》な武将《ぶしょう》だったらしい」

そして、鈴木《すずき》くんが立《た》ちあがった！

「あの、決《き》めつけていいんですか？　だって歴史上《れきしじょう》の人物《じんぶつ》って現代《げんだい》に生《い》きている人《ひと》はだれも見《み》たことがないじゃないですか？　だれがどんな人《ひと》かって簡単《かんたん》に言《い》いきれることじゃないですよ。例《たと》えば先生《せんせい》だってぼくたちからすれば、ユーモアがあって、頼《たよ》りがいがあって、優《やさ》しいお兄《にい》さんみたいな人《ひと》だけど、中学生《ちゅうがくせい》のころはうじうじしていたかもしれない。高校生《こうこうせい》のころはだれかにいやがらせをしてうらみをかっていたかもしれない……」

天川流星《あまかわりゅうせい》、カメラが回《まわ》ると別人《べつじん》だ。

鈴木《すずき》くんになりきっている。

小学生《しょうがくせい》にしては理屈《りくつ》っぽく聞《き》こえるセリフだけど、さわやかでいやな感《かん》じが一ミリもしない。

しかもセリフの内容《ないよう》が頭《あたま》に入《はい》ってきやすい。

この長《なが》ゼリフは犯人《はんにん》の担任《たんにん》を追《お》いつめる重要《じゅうよう》なセリフだ。

そしてこの映画《えいが》の、多摩子《たまこ》さんの作家《さっか》としてのテーマでもある。

多摩子《たまこ》さんはいつも、「あたしは人間《にんげん》を書《か》きたいんだ。どんな人《ひと》にも一面《めん》、二面《めん》、三面《めん》がある。環境《かんきょう》や年齢《ねんれい》でどの面《めん》が出《で》てくるかも変《か》わる。それが人間《にんげん》だ」って言《い》っている。

だから映画《えいが》の台本《だいほん》を読《よ》みながら「原作者《げんさくしゃ》が一番大切《いちばんたいせつ》にしてることをわかってくれてうれしいね」って喜《よろこ》んでいた。

天川流星《あまかわりゅうせい》が演《えん》じる鈴木《すずき》くんを見《み》たらもっと喜《よろこ》ぶと思《おも》う。

だけど……。

天川流星《あまかわりゅうせい》の長《なが》ゼリフが順調《じゅんちょう》なのはいいけど、加山《かやま》くんがさっきから鼻《はな》をひくひくさせている。

どうしたの？　……あ、くしゃみをこらえてる？

今《いま》の状況《じょうきょう》でくしゃみなんてしたら大変《たいへん》なことになる！

天川流星《あまかわりゅうせい》の声《こえ》にさらに熱《ねつ》がこもった。

「歴史上《れきしじょう》の人物《じんぶつ》も、今《いま》を生《い》きている人間《にんげん》も、どんな人《ひと》かなんて決《き》めつけないほうがいい……」

と、思《おも》うんです！　で、終《お》わるはずなんだけど！

加山《かやま》くんが「くしゅ……」とくしゃみをしかけてしまった。

わたしは加山《かやま》くんの、『ぼくが粗相《そそう》をすると劇団《げきだん》コスモスの子《こ》たちはもう天川流星《あまかわりゅうせい》の現場《げんば》には参加《さんか》できなくなる』って言葉《ことば》と真剣《しんけん》な表情《ひょうじょう》を思《おも》い出《だ》した。

このままでは大変《たいへん》なことになる！　とあせったら、もう自分《じぶん》の口《くち》が勝手《かって》に動《うご》いていた。

「く、くしゅ～ん！」

わたしと加山《かやま》くんは同時《どうじ》にくしゃみをした。

でも、わたしのくしゃみのほうが豪快《ごうかい》だから、加山《かやま》くんのくしゃみにはたぶん、だれも気《き》がつかないはず！

その場《ば》が冷凍庫《れいとうこ》のように凍《こお》りつく。

しんと静《しず》まり、全員《ぜんいん》がまっ青《さお》な顔《かお》でわたしを見《み》た。

天川流星《あまかわりゅうせい》の肩《かた》がぴくんと動《うご》く。

そして、ゆっくりとふりかえる。

わたしは、すぐに立《た》ちあがって深《ふか》く頭《あたま》を下《さ》げた。

「すみませんでした」

加山《かやま》くんが小《ちい》さな声《こえ》で「結《ゆい》さん、わざと」と口《くち》にしたけど、頭《あたま》を下《さ》げているので加山《かやま》くんにしか見《み》えないようにウインクする。

けど、このまま頭《あたま》を下《さ》げつづけているわけにもいかない。

天川流星《あまかわりゅうせい》って子《こ》は、本当《ほんとう》にわたしに優《やさ》しくしてくれたあの流星《りゅうせい》くんなの？

でも、あまりにも変《か》わりすぎていてちがうかもしれない。

頭《あたま》の中《なか》がぐるぐると回《まわ》るけど、覚悟《かくご》を決《き》めてゆっくりと頭《あたま》を上《あ》げる。

天川流星《あまかわりゅうせい》と目《め》があった。

切《き》れ長《なが》の目《め》。

でも、冷《つめ》たくて、流星《りゅうせい》くんのような人《ひと》を見守《みまも》る優《やさ》しさはみじんもない。

顔《かお》はまったく同《おな》じだけど別人《べつじん》？

流星《りゅうせい》くんが口《くち》を開《ひら》いた。

「アマチュアがなんでここにいるのかな？」

声《こえ》は小《ちい》さいけど、心底《しんそこ》、怒《おこ》っていた……。

5. きみは本当《ほんとう》に流星《りゅうせい》くん？

彼《かれ》が集中《しゅうちゅう》して必死《ひっし》にやっていたことをわたしがぶっこわしたんだから、怒《おこ》るのは当然《とうぜん》だ。

何《なに》を言《い》われてもしかたがない。

けど、彼《かれ》はわたしが知《し》っている流星《りゅうせい》くんじゃないのかも！


「あなた、どこの事務所《じむしょ》？　うちの流星《りゅうせい》の真剣勝負《しんけんしょうぶ》を何《なん》だと思《おも》っているの？」


巻《ま》かれた長《なが》い髪《かみ》をふりみだしながら女《おんな》の子《こ》がわたしのすぐそばまで走《はし》ってきた。

「うちの……？　あなた、だれ？」

「芸能事務所《げいのうじむしょ》ゼウスから来《き》た天川流星《あまかわりゅうせい》の現場《げんば》マネージャー、神月月菜《かんづきつきな》です。流星《りゅうせい》の本当《ほんとう》のマネージャーはゼウスの副社長《ふくしゃちょう》ですが今日《きょう》は、代理《だいり》でここに来《き》ています」

きれいな子《こ》だからてっきり芸能人《げいのうじん》だと思《おも》った。

けど代理《だいり》って……？　わたしと同《おな》じぐらいの年《とし》だよね。

AD《エーディー》の久保田《くぼた》さんが月菜《つきな》さんって子《こ》に耳打《みみう》ちした。

「原作者《げんさくしゃ》のおじょうさんで」

「だからって、なんなの？　撮影《さつえい》は真剣勝負《しんけんしょうぶ》の場《ば》！　それがわかってる人《ひと》しかいてはいけないはずよ！　追《お》いだしてちょうだい！」

そのとおりだ。

ここはわたしみたいな普通《ふつう》の小学生《しょうがくせい》がいていい場所《ばしょ》じゃない。

流星《りゅうせい》くん会《あ》いたさに多摩子《たまこ》さんの力《ちから》にたよったことがまちがいだった。

「本当《ほんとう》にすみませんでした」

もう一度《いちど》あやまってわたしは撮影場所《さつえいばしょ》の教室《きょうしつ》から出《で》ようとした。

天川流星《あまかわりゅうせい》が流星《りゅうせい》くんかどうかわからないまま帰《かえ》るのはくやしいけど、わたしがここにいる資格《しかく》はない。

ところが……！

「**くしゃみちゃん、もうきみは映《うつ》っているの。**今《いま》、きみがいなくなるとさっき撮影《さつえい》したシーンとつながらなくなる。これはとても困《こま》ることなんだ。だからそのまま座《すわ》ってて。流星《りゅうせい》くんムカついただろうけど頼《たの》む！　もう一度《いちど》やってくれ」

く、くしゃみちゃん？

ピンクの髪《かみ》にピアスでチャラい大人《おとな》だった。

でも、この声《こえ》ってさっきからスタートとOK《オーケー》を言《い》ってた人《ひと》だよね。

「監督《かんとく》に言《い》われたら……しかたがありません」

天川流星《あまかわりゅうせい》は渋々承諾《しぶしぶしょうだく》し、月菜《つきな》さんはわたしをにらみながら引《ひ》っこんだ。

この人《ひと》が監督《かんとく》だったんだ！　撮影現場《さつえいげんば》ってだれがだれなのかぜんぜんわからない！

「気《き》を取《と》りなおしてスタート！」

そして天川流星《あまかわりゅうせい》は集中力《しゅうちゅうりょく》を乱《みだ》すことなく、鈴木《すずき》くんとして長《なが》ゼリフを完《かん》ぺきに演《えん》じた。

「カットOK《オーケー》！　さすが流星《りゅうせい》くん！」

監督《かんとく》の声《こえ》に全員《ぜんいん》がほっとする。

天川流星《あまかわりゅうせい》は、態度《たいど》も性格《せいかく》もサイテー最悪《さいあく》！

でも、人前《ひとまえ》で表現《ひょうげん》する人《ひと》としては実力《じつりょく》もオーラも完《かん》ぺきで、圧倒《あっとう》された。

そして、わたしは自分《じぶん》の中《なか》で結論《けつろん》を出《だ》した。

天川流星《あまかわりゅうせい》はわたしの初恋《はつこい》の人《ひと》、安藤流星《あんどうりゅうせい》くんではない。

顔《かお》は似《に》ているけど、性格《せいかく》がちがいすぎる……。

流星《りゅうせい》くんに会《あ》いたいあまり、わたしが勝手《かって》に思《おも》いこんでしまった。

がっくりと肩《かた》を落《お》とした。

早《はや》とちりしたまま多摩子《たまこ》さんに話《はな》さなくてよかった……。


「エキストラのみなさん、おつかれさまでした〜」

久保田《くぼた》さんの声《こえ》でわたしたちは解散《かいさん》となった。

ポケットに入《い》れた手紙《てがみ》が重《おも》い。

大人《おとな》になったら星《ほし》を見《み》ようと約束《やくそく》した流星《りゅうせい》くんは今《いま》どこにいるんだろう。

もう忘《わす》れたほうがいいかもしれない。

だって時間《じかん》ってどんどん進《すす》んでいく。

思《おも》い出《で》って言葉《ことば》はロマンティックだけど、過去《かこ》にとらわれている後《うし》ろ向《む》きな意味《いみ》もあるのかも……。

とぼとぼと廊下《ろうか》を歩《ある》き学校《がっこう》を出《で》ようとしたときだった。

「あ、よかった！　さがした〜！」

AD《エーディー》の久保田《くぼた》さんが走《はし》ってきた。

「監督《かんとく》が次《つぎ》のシーンに結《ゆい》さんに出《で》てほしいって」

「え、わたしのシーンはもう終《お》わりですよね」

久保田《くぼた》さんが台本《だいほん》をめくる。

「簡単《かんたん》なシーン。鈴木《すずき》くんが犯人《はんにん》だってうわさが立《た》って、学校《がっこう》を一週間休《いっしゅうかんやす》む。そして、ひさびさに学校《がっこう》に来《き》て、鈴木《すずき》くんのファンの女子数名《じょしすうめい》が『鈴木《すずき》くん、心配《しんぱい》したよ』って鈴木《すずき》くんを廊下《ろうか》でかこむ。それだけ。結《ゆい》さんはその数名《すうめい》の中《なか》に入《はい》って。セリフはみんなで言《い》うから。もしうまく言《い》えなかったら鈴木《すずき》くんが学校《がっこう》に来《き》てよかったなあって表情《ひょうじょう》をして立《た》っていればいいから」

「表情《ひょうじょう》をして立《た》っていればいいって、演技《えんぎ》の勉強《べんきょう》をしたわけじゃないし。できないです」

「頼《たの》むよ！」

久保田《くぼた》さんが両手《りょうて》をあわせて頼《たの》みこんでくる。

大人《おとな》に頼《たの》まれたことなんてないし、断《ことわ》るのも心苦《こころぐる》しいな。

わたしが迷《まよ》っていると久保田《くぼた》さんは「急《いそ》いで」とわたしの背中《せなか》を押《お》しだした。

「え、え、え」

押《お》されたまま進《すす》んでいくと、さっきまで教室《きょうしつ》にあった撮影用《さつえいよう》のカメラが廊下《ろうか》に移動《いどう》されていた。

そしてそこには自分《じぶん》は演技《えんぎ》をするんだって自覚《じかく》のある女《おんな》の子《こ》が３人《にん》いた。

柚《ゆず》ちゃんもいる。

天川流星《あまかわりゅうせい》はかべによりかかっていた。

えらそうに！って思《おも》ったけど、かべによりかかっただけで絵《え》になるんだなと感心《かんしん》もした。

監督《かんとく》がわたしに笑《わら》いかける。

「おー、くしゃみちゃん、来《き》たか。じゃあ、３人《にん》の女《おんな》の子《こ》の一番《いちばん》はじに立《た》ってね」

「は、はい」

とまどっていると、かべによりかかっている天川流星《あまかわりゅうせい》と目《め》があった。

どきりとする。やっぱり、流星《りゅうせい》くんに似《に》ている。

というか、流星《りゅうせい》くんそのもので、かんちがいしたのもしかたがないな。

「監督《かんとく》。なんで演技《えんぎ》ができないやつがここにいるんですか？」

くうう、えらそうに！　好《す》きでいるんじゃありません！

「あー。３人《にん》より４人《にん》かなって」

「だったら他《ほか》の子《こ》がいるでしょ？」

「くしゃみちゃんだとこの子《こ》たちと髪《かみ》と服装《ふくそう》がかぶらないから」

そんなことで呼《よ》びもどされたんだ。

みょうなことになっちゃったな。

まあ、3人《にん》の女《おんな》の子《こ》にあわせて立《た》ってれば、いいだけだもんね。

「よし、始《はじ》めるぞ！　流星《りゅうせい》くんも準備《じゅんび》して」

監督《かんとく》の声《こえ》にえらそうにかべによりかかっていた天川流星《あまかわりゅうせい》が廊下《ろうか》の真《ま》ん中《なか》に立《た》つ。

いっしゅんでえらそうな天川流星《あまかわりゅうせい》からみんなに好《す》かれる鈴木《すずき》くんに表情《ひょうじょう》が変《か》わった。

大《たい》したものだ……と息《いき》をのむと同時《どうじ》に「よし、スタート」と監督《かんとく》の声《こえ》でカメラが回《まわ》った。

「鈴木《すずき》くん、心配《しんぱい》したよー！」

3人《にん》の女《おんな》の子《こ》たちがいっせいに口《くち》にした。

わたしはどうしていいかわからなくて、とりあえず女《おんな》の子《こ》たちの後《うし》ろでにこにこしながら立《た》ってみた。

「カット！」

監督《かんとく》が撮影《さつえい》を止《と》めた。

「うーん。やっぱり、同時《どうじ》にしゃべるって難《むずか》しいよな。よし！　くしゃみちゃん。『鈴木《すずき》くん、心配《しんぱい》したよー！』って言《い》ってみて」

え……わたし!?

おどろいてあっけにとられる。

「ほら言《い》って。『鈴木《すずき》くん、心配《しんぱい》したよー』って」

わけもわからず監督《かんとく》の真似《まね》をして声《こえ》を出《だ》す。

「す、鈴木《すずき》くん、心配《しんぱい》したよ……」

「顔《かお》が怖《こわ》いな。クラスメイトが久々《ひさびさ》に学校《がっこう》に来《き》たんだよ。うれしいし、ほっとするだろ。想像《そうぞう》してごらん、もう一度《いちど》」

想像《そうぞう》してごらんって、いきなり言《い》われたって！

あ、でも……休《やす》んでた子《こ》が学校《がっこう》に来《き》たんだもんね、たしかにほっとはするよね。

「鈴木《すずき》くん、心配《しんぱい》したよ……！」

もう一度《いちど》、ほっとしながら口《くち》にしてみた。

「よし、その感《かん》じがいい！　カメラが回《まわ》って、おれが手《て》を上《あ》げたら、今《いま》のセリフを言《い》ってね」

「え……」

わたしはあぜんとし、天川流星《あまかわりゅうせい》は一ミリもなっとくできないって表情《ひょうじょう》だった。

「はい、スタート」

は、始《はじ》まっちゃったの？

監督《かんとく》の手《て》が上《あ》がった。

「鈴木《すずき》くん、心配《しんぱい》したよ……！」

とりあえず言《い》われたとおりにしゃべってみた。

周囲《しゅうい》の女《おんな》の子《こ》たちも、うんうんとうなずき、みんなで心配《しんぱい》したよ！って雰囲気《ふんいき》を作《つく》っている。

「カット」

監督《かんとく》がそう言《い》うとカメラが止《と》まったけど、これでいいのかな？

ちがう！　たしか、いいときはOK《オーケー》だ！

「ホッとするより、元気《げんき》よく笑《わら》ったほうがいいな。くしゃみちゃん、クラスに気《き》になってる男《おとこ》の子《こ》はいない？　その子《こ》が一週間《いっしゅうかん》休《やす》んでて学校《がっこう》に来《き》たら、気持《きも》ちがハイになるだろ。やったあ、来《き》てくれたー！　みたいなさ」

監督《かんとく》がいろいろ説明《せつめい》してくれているけど、無理《むり》だって！

「監督《かんとく》、現場《げんば》は監督《かんとく》のものかもしれませんけど、演技経験《えんぎけいけん》ゼロのこいつにセリフをあたえるのはおかしいでしょ」

そうだ、天川流星《あまかわりゅうせい》が正《ただ》しい。

でも、「こいつ」って言《い》い方《かた》にカチンともくる。

「よし、くしゃみちゃん。もう一度《いちど》いくよ、スタート」

またやるの!?

監督《かんとく》が合図《あいず》してくれたので、わたしはがんばって元気《げんき》に笑《わら》って「鈴木《すずき》くん、心配《しんぱい》したよ」と言《い》ってみた。

「カット！　これでいいか？　OK《オーケー》」

出《で》たOK《オーケー》！　やっと解放《かいほう》される！

「どこがOK《オーケー》なんですか？　ぜんぜんOK《オーケー》じゃないでしょう」

今度《こんど》は天川流星《あまかわりゅうせい》が不満《ふまん》を伝《つた》えてきた。

6. 悪魔《あくま》のような天川流星《あまかわりゅうせい》

主演《しゅえん》の不満《ふまん》に監督《かんとく》が冷静《れいせい》に答《こた》えた。

「じゃあ、流星《りゅうせい》くんは今《いま》のくしゃみちゃんの演技《えんぎ》、どこが悪《わる》いと思《おも》う？」

「鈴木《すずき》くんのことを心配《しんぱい》していた時間《じかん》が見《み》えない。鈴木《すずき》くんが学校《がっこう》に来《こ》なかった間《あいだ》、心配《しんぱい》していたから『鈴木《すずき》くん、心配《しんぱい》したよ』ってセリフになる。とってつけたように笑《わら》っても、おれにも客《きゃく》にも伝《つた》わりません。もっと言《い》えば、おれに伝《つた》わらないと、このあとの鈴木《すずき》くんの演技《えんぎ》プランがくるってきます」


なるほど……と、感心《かんしん》してしまった。

天川流星《あまかわりゅうせい》はえらそうでいじわるだけど、一《ひと》つ一《ひと》つのセリフの意味《いみ》、背景《はいけい》をきちんと考《かんが》えてしゃべっているんだ。たぶん先生役《せんせいやく》の小島《こじま》さんもそうしている。

そして、わたしにそれをしてもらわないと主役《しゅやく》の演技《えんぎ》がうまくいかなくなるんだ。

そこまではわかったけど、わたしにできるわけがないでしょ～！

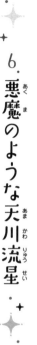

「よし、くしゃみちゃん。きみは鈴木《すずき》くんを一週間心配《いっしゅうかんしんぱい》していた。いいね。スタート」

……鈴木《すずき》くんを心配《しんぱい》していた？

わたしは鈴木《すずき》くんを演《えん》じている天川流星《あまかわりゅうせい》の顔《かお》を見《み》た。

改《あらた》めてこうやって見《み》つめていると、安藤流星《あんどうりゅうせい》くんと本当《ほんとう》によく似《に》ている。

ちがうのは同《おな》じ切《き》れ長《なが》の目《め》だけど、冷《つめ》たいか優《やさ》しいかってだけだ。

安藤流星《あんどうりゅうせい》くんは今《いま》どこにいるんだろう？　元気《げんき》でやってるの？

一週間《いっしゅうかん》どころじゃない、何年心配《なんねんしんぱい》しつづけたかわからない。

すると自然《しぜん》に声《こえ》が出《で》た。

「鈴木《すずき》くん……心配《しんぱい》したよ……」

「カットOK《オーケー》！　今《いま》の切《せつ》なそうでよかった！」

OK《オーケー》出《で》た！　ところが……！

「あんな泣《な》きそうな顔《かお》で言《い》われたら、重苦《おもくる》しい」

天川流星《あまかわりゅうせい》がなっとくしない。

「そうか、いいと思《おも》うけどな」

監督《かんとく》はぼやいていたけど、結局《けっきょく》、撮《と》り直《なお》しになった。

そして、何度《なんど》もつづいた。

天川流星《あまかわりゅうせい》は「声《こえ》のトーンがちがう」「鈴木《すずき》くんのファンの顔《かお》じゃない」とかいろいろ言《い》ってくる。

わたしは演技《えんぎ》の素人《しろうと》だからそれが正《ただ》しいのかいやがらせなのかもわからない。

他《ほか》の女《おんな》の子《こ》もうんざりしていて、柚《ゆず》ちゃんはわたしを同情《どうじょう》の目《め》で見《み》ていた。

そして、19回目《かいめ》。

わたしはボロボロだった。

もう、うんざりだ。

流星《りゅうせい》くんに会《あ》いたかっただけなのに、どうしてこんなことになっちゃったの？

疲《つか》れきりながら「鈴木《すずき》くん、心配《しんぱい》したよ」となんとか声《こえ》にしてみる。

なのに……！

「く、く、く、くしゅーん」

天川流星《あまかわりゅうせい》がわたしのセリフと重《かさ》なるようにわざとくしゃみをした。

「すみません。ぼくのくしゃみ、入《はい》っちゃいましたよね」

彼《かれ》は楽《たの》しそうに高《たか》らかに笑《わら》う。

やられたからやりかえしたってこと……？

その瞬間《しゅんかん》、わたしの中《なか》でぶちんと何《なに》かが切《き》れた。

この悪魔《あくま》みたいな子《こ》をわたしは安藤流星《あんどうりゅうせい》くんだと思《おも》いこんだの？

こんなやつに会《あ》うために多摩子《たまこ》さんの力《ちから》を借《か》りて映画《えいが》の撮影現場《さつえいげんば》という未知《みち》の世界《せかい》に乗《の》りこんだの？

こいつを流星《りゅうせい》くんと思《おも》いこんだ自分《じぶん》が情《なさ》けないし、くやしい！

こんな気持《きも》ちじゃ帰《かえ》れない！

演技《えんぎ》なんてしたことないけど、とりあえず、今《いま》19回《かい》はした。

19回《かい》やったらもう演技経験者《えんぎけいけんしゃ》だ！

この悪魔《あくま》みたいな子《こ》を見《み》かえす演技《えんぎ》をしたい。

どうすればいい？

『鈴木《すずき》くん、心配《しんぱい》したよ』

このセリフをどう表現《ひょうげん》すればいいの？

心《こころ》の中《なか》で、心配《しんぱい》したよ、心配《しんぱい》したよ、心配《しんぱい》したよとくりかえす。

……あれ？　わたしも昔《むかし》、同《おな》じようなことを言《い》われたよね。

あったよ、多摩子《たまこ》さんに言《い》われた。

あれはたしか、施設《しせつ》から引《ひ》き取《と》られ多摩子《たまこ》さんたちといっしょに暮《く》らし始《はじ》めたばかりのころ。

多摩子《たまこ》さんが倫太郎《りんたろう》の頭《あたま》をなでていて……。

ただそれだけなのに、わたし、やきもちやいて家出《いえで》して、でも行《い》くところがなくて。

多摩子《たまこ》さんがわたしをさがして、見《み》つけてくれて、それで……！

「もう一度《いちど》やらせてください」

自分《じぶん》から監督《かんとく》にお願《ねが》いした。
監督《かんとく》と天川流星《あまかわりゅうせい》がおどろく。
「お！　くしゃみちゃん、やる気《き》になったじゃん！　よし、テイク20。スタート！」
カメラが回《まわ》ると同時《どうじ》にわたしは鈴木《すずき》くんに向《む》かって走《はし》った。
あのときの多摩子《たまこ》さんのように。
そして……バチン！
思《おも》いきり鈴木《すずき》くんのほほをたたいた。
彼《かれ》はあっけにとられ、目《め》と口《くち》を丸《まる》く開《あ》けていた。
「鈴木《すずき》くん、心配《しんぱい》したよ！」
わたしは真剣《しんけん》に鈴木《すずき》くんを見《み》つめ、そのあと思《おも》いきりだきしめた。
それはあのときの多摩子《たまこ》さんと同《おな》じだった。
多摩子《たまこ》さんは家出《いえで》した幼《おさな》いわたしを思《おも》わずたたき、泣《な》きながらだきしめてくれた。
心配《しんぱい》したんだから！　と口《くち》にした。
多摩子《たまこ》さんにだきしめられると、多摩子《たまこ》さんの気持《きも》ちが伝《つた》わってきた。
多摩子《たまこ》さんは必死《ひっし》にわたしをさがしてくれたんだ。

多摩子《たまこ》さんはわたしを本当《ほんとう》の子《こ》どもだと思《おも》っている。

名字《みょうじ》なんて飾《かざ》りにすぎない！

それを思《おも》い出《だ》すと、鈴木《すずき》くんをだきしめる腕《うで》に自然《しぜん》に力《ちから》がこもった。

すると彼《かれ》の体《からだ》がかすかにふるえた。

え、どうして……？

「カット！！！　オオオＯＫ《オーケー》」

監督《かんとく》の声《こえ》が聞《き》こえわたしは流星《りゅうせい》くんから体《からだ》をはなした。

「くしゃみちゃん！　ありがとう！　鈴木《すずき》くんは犯人《はんにん》あつかいされて学校《がっこう》を休《やす》んでたんだ。このぐらい心配《しんぱい》されていいし、鈴木《すずき》くんが周囲《しゅうい》から好《す》かれていることがよくわかる」

監督《かんとく》が全身《ぜんしん》ではしゃいでいた。

よくわからないけど、どうやらこれでいいらしい。

これで帰《かえ》れると胸《むね》をなでおろし、わたしは天川流星《あまかわりゅうせい》にあやまった。

「勝手《かって》なことしてごめんなさい」

「初心者《しょしんしゃ》は面白《おもしろ》いことするよね」

よゆうがあるスターの笑顔《えがお》だった。

けど、わたしの耳元《みみもと》でささやいてきた。

「ちょっとばかしほめられたからって、この世界《せかい》をめざそうとかかんちがいするなよ」

その低《ひく》い声《こえ》にぞっとした。

頭《あたま》に来《き》て言《い》いかえす。

「この世界《せかい》ってなに？　あなたはそんなにえらいんですか？」

わたしは感情的《かんじょうてき》になっていたけど、天川流星《あまかわりゅうせい》は顔色一《かおいろひと》つ変《か》えない。

顔色一《かおいろひと》つ変《か》えずに口《くち》だけが動《うご》く。

「えらくなったことがないガキにこれ以上《いじょう》、言《い》うことはない」

完全《かんぜん》に見下《みくだ》されていた。

年《とし》が近《ちか》い子《こ》に、からかわれたことやケンカしたこともあるけど、見下《みくだ》されたことはなかった。

ショックで言葉《ことば》を失《うしな》っていると、天川流星《あまかわりゅうせい》が言葉《ことば》を足《た》した。

「えらくなったことがないガキでも、多少《たしょう》はどんな世界《せかい》か見《み》えただろ？」

わたしはお腹《なか》に力《ちから》を入《い》れて言《い》いかえした。

「あんたみたいなやつがいばっている、くだらない世界《せかい》よ」

言《い》ったあとでどんな反撃《はんげき》が来《く》るかわからないと身《み》がまえたけど、彼《かれ》はわたしをじっと見《み》ているだけだった。

やっぱり、顔《かお》は流星《りゅうせい》くんに似《に》ている。

何《なに》か言葉《ことば》を足《た》そうかと思《おも》ったけど、何《なに》を言《い》っていいのかわからない。

わたしがそうしている間《あいだ》に彼《かれ》は背《せ》を向《む》け歩《ある》きだしてしまった。

入《い》れ替《か》わるように、AD《エーディー》の久保田《くぼた》さんがやってくる。

「おつかれさま！　結《ゆい》さんの撮影《さつえい》は終了《しゅうりょう》です。突然《とつぜん》のことだったのによくがんばってくれたね」

ほっとしていた。

わたしは「は、はい」と軽《かる》く会釈《えしゃく》して昇降口《しょうこうぐち》に向《む》かった。

一度《いちど》ふりむき、天川流星《あまかわりゅうせい》をさがしたけどもういなかった。

もう二度《にど》と会《あ》うことはないだろう。

会《あ》いたくもないけど、なぜか気《き》になる。

彼《かれ》、わたしが抱《だ》きしめたとき、かすかにふるえていた。

あれ、なぜだろう？　想定外《そうていがい》でおどろいたのかな？

自分《じぶん》の腕《うで》にかすかだけど彼《かれ》のぬくもりが残《のこ》っている。

そして、自分《じぶん》の手《て》を見《み》て、生《う》まれてはじめて人《ひと》をたたいてしまったことに気《き》がついた。

流星《りゅうせい》くんはいっしょに流《なが》れ星《ぼし》を見《み》たとき、わたしのほほにそっと手《て》を当《あ》ててくれた。

いくら演技《えんぎ》とはいえ、流星《りゅうせい》くんと真逆《まぎゃく》なことをしたみたいではずかしい、自己嫌悪《じこけんお》。

立《た》ちつくしていると後《うし》ろから声《こえ》が聞《き》こえた。

「原作者《げんさくしゃ》のおじょうさんだからっていい気《き》にならないでね」

ふりかえると月菜《つきな》さんだった。

「芸能界《げいのうかい》ではコネは武器《ぶき》になるけど、それだけでやっていけるあまい世界《せかい》じゃないわ」

「何《なん》のことですか？」

「とぼけないで。芸能界《げいのうかい》に入《はい》りたいからお母《かあ》さんに頼《たの》んで売《う》りこんでもらったんでしょ」

「わたし、芸能界《げいのうかい》なんて何《なん》の興味《きょうみ》もないです！　わたしをどう思《おも》ってもいいけど多摩子《たまこ》さんを軽《かる》く見《み》るのはやめて！」

「……多摩子《たまこ》さん？」

月菜《つきな》さんがいぶかし気《げ》な表情《ひょうじょう》をしていたけど、ふりきるようにその場《ば》から走《はし》った。

なんなの？　芸能界《げいのうかい》ってそんなに立派《りっぱ》なの？

みんなピリピリしているだけじゃない？

こんなところはいやだ、人《ひと》のぬくもりが感《かん》じられる場所《ばしょ》に行《い》きたい！

家《いえ》に帰《かえ》ろう、倫太郎《りんたろう》と多摩子《たまこ》さんが待《ま》っている家《いえ》に。

大河《たいが》くんもいるかもしれない。

撮影現場《さつえいげんば》の学校《がっこう》を出《で》ると気《き》がゆるんだのか、ほほを涙《なみだ》が伝《つた》った。

同時《どうじ》に「結《ゆい》さん」とだれかが肩《かた》に手《て》を置《お》いた。

立《た》ち止《ど》まりはっとふりかえる。

きれいな顔《かお》の男《おとこ》の子《こ》だった。

え、だれ？　この子《こ》も映画《えいが》に出《で》てたのかな？

「さっきはありがとう」

「その声《こえ》、まさか？」

「ああ、メガネとったからね。ときどき別人《べつじん》っていわれる。加山《かやま》だよ」

「おどろいた。加山《かやま》くんだってぜんぜんわからなかった！」

わたしがそう答《こた》えるとふいに、加山《かやま》くんが顔《かお》を近《ちか》づけてくる。

え、な、な、何《なに》？

7. もう、きみのことは忘《わす》れるね

「結《ゆい》さん、泣《な》いてる？　何《なに》かあった？」

まずい！　と涙《なみだ》をぬぐってごまかすように笑《わら》いながら歩《ある》きだす。

「目《め》にごみが入《はい》ったけど、泣《な》いたらとれた。かわいいおめめが台無《だいな》し。あははは」

加山《かやま》くんはそんなわたしを見《み》てくすりと笑《わら》った。

「ところでなんだけど……」

加山《かやま》くんがわたしをまっすぐに見《み》た。

「結《ゆい》さんはぼくの恩人《おんじん》だ」

「大《おお》げさだよ」

びっくりしてちょっと笑《わら》ってしまった。

「大《おお》げさじゃない。きみのことは一生忘《いっしょうわす》れない。さっきは本当《ほんとう》にありがとう」

誠実《せいじつ》さの固《かた》まりみたいな表情《ひょうじょう》で、わたしは笑《わら》うどころではなくなってしまった。

こういう子《こ》に適当《てきとう》なことは言《い》いたくないな。

「実《じつ》はわたし、原作者《げんさくしゃ》が育《そだ》ての親《おや》なの。里親《さとおや》って言《い》うんだけど。それで強気《つよき》になれただけ」

加山《かやま》くんは数秒間《すうびょうかん》、目《め》を見《み》ひらいたままだった。

けど、すぐにこう言《い》った。

「関係《かんけい》ない」

「え？」

「こっちこそ、実《じつ》はなんだけど。さっきの月菜《つきな》さんとの会話《かいわ》を聞《き》いていた。気《き》にしないほうがいい。月菜《つきな》さんこそ親《おや》のコネだから。彼女《かのじょ》のお母《かあ》さんは天川流星《あまかわりゅうせい》の事務所《じむしょ》の副社長兼《ふくしゃちょうけん》マネージャー。お父《とう》さんが社長《しゃちょう》。口《くち》では代理《だいり》って言《い》ってるけど、流星《りゅうせい》くんを追《お》っかけて現場《げんば》についてきているだけだから。とにかくぼくはピンチをきみに救《すく》われた。ぼくにとって大切《たいせつ》なのはそこだけだ」

なんてストレートでよどみがないんだろう。

撮影中《さつえいちゅう》は堅苦《かたくる》しく思《おも》えたけど、純粋《じゅんすい》なんだ。

これからも劇団《げきだん》でがんばってほしい、心《こころ》からそう思《おも》えた。

「あ、バスが来《き》た！　ぼく、あのバスで帰《かえ》るんだ。また会《あ》える日《ひ》を楽《たの》しみにしている！」

加山《かやま》くんはバスに向《む》かって走《はし》りだした。

わたしは小《ち い》さく手《て》をふる。

純粋《じゅんすい》だから、少《すこ》し大《おお》げさに物事《ものごと》を受《う》けとる子《こ》なのかもしれない。

もしかしてわたしも幼《おさな》かった日《ひ》の思《おも》い出《で》を大《おお》げさに受《う》けとっていたのかも。

施設《しせつ》を出《で》た後《あと》に再会《さいかい》するって現実的《げんじつてき》に考《かんが》えると難《むずか》しいよ。

流星《りゅうせい》くんがどんなふうに生《い》きてるのかも、わたしのことをおぼえているかどうかだってわからないもん。

駅《えき》まで歩《ある》き電車《でんしゃ》に乗《の》った。

窓《まど》から見《み》える夕焼《ゆうや》け空《ぞら》が切《せつ》なかった。

地元《じもと》の駅《えき》に着《つ》き、改札口《かいさつぐち》をぬける。

「結《ゆい》！」

「おかえり、結《ゆい》ちゃん」

大河《たいが》くんと倫太郎《りんたろう》が待《ま》っていてくれた。

大河《たいが》くんは野球《やきゅう》の練習《れんしゅう》のあとみたいでユニフォームを着《き》てスポーツバッグをさげていた。

「結《ゆい》、エキストラってどうだった？　天川流星《あまかわりゅうせい》ってえらそうか？」

「うん！　えらそう！」

「マジか！　やっぱりおれのカンは当《あ》たるな～」

大河《たいが》くんに伝《つた》えたらスッキリした！

撮影現場《さつえいげんば》では天川流星《あまかわりゅうせい》がどれだけムカつくかを誰《だれ》にも言《い》えず、たえているだけだったもん。

「今夜《こんや》は結《ゆい》ちゃんが好《す》きなキーマカレーだよ。お母《かあ》さんがさっき作《つく》ってた」

「おれもそれ食《た》べる。その後《あと》で自分《じぶん》の家《いえ》の飯《めし》も食《く》う！」

わたしと倫太郎《りんたろう》は大河《たいが》くんの食欲《しょくよく》にお腹《なか》をかかえて笑《わら》った。

自分《じぶん》の住《す》んでる町《まち》、倫太郎《りんたろう》の笑顔《えがお》、元気《げんき》な大河《たいが》くんにかこまれているとほっとする。

今《いま》を大切《たいせつ》にしよう。

わたしの未来《みらい》には流星《りゅうせい》くんとの約束《やくそく》があり、過去《かこ》には流星《りゅうせい》くんとの思《おも》い出《で》があった。

けど、もう、両方切《りょうほうき》りはなして今《いま》の幸《しあわ》せを大切《たいせつ》にしたほうがいい気《き》がしてきた。

流星《りゅうせい》くんに再会《さいかい》したいと願《ねが》うのはもうやめよう！

「多摩子《たまこ》さん、ただいま～！　キーマカレー食《た》べたい！」

自然《しぜん》と明《あか》るく元気《げんき》な声《こえ》が出《で》た。

わたしはこの家《いえ》が大好《だいす》きなんだ、しみじみとわかった。

多摩子《たまこ》さんがスマホをにぎりしめながら玄関《げんかん》に出《で》てくる。

「結《ゆい》！　セリフをしゃべったんだって？　天川流星《あまかわりゅうせい》と演技《えんぎ》でやりとりしたんだって？」

多摩子《たまこ》さんの問《と》いかけに「まあ」とうなずくと、大河《たいが》くんが「マジかよ！　芸人《げいにん》デビューじゃなく、女優《じょゆう》デビューしちゃったのかよ！」とおどろいていた。

倫太郎《りんたろう》は「結《ゆい》ちゃん、すごい」と楽《たの》しそうだ。

「今《いま》、映画《えいが》の宣伝《せんでん》チームから電話《でんわ》があったんだけど、そのシーンがすごくよかったから、情報番組《じょうほうばんぐみ》で宣伝《せんでん》をするときに使《つか》いたいって。しかも……原作者《げんさくしゃ》の娘《むすめ》だって公表《こうひょう》したいって」

多摩子《たまこ》さんは困《こま》ったと腰《こし》に手《て》を当《あ》てている。

原作者《げんさくしゃ》の娘《むすめ》って……そういうことでいきなり演技《えんぎ》をさせられたの？

服装《ふくそう》がかぶらないからじゃなかったの？

監督《かんとく》はわたしのことをくしゃみちゃんって呼《よ》んでいて、わたしと多摩子《たまこ》さんの関係《かんけい》なんか何《なに》も知《し》らないと思《おも》っていた。

……やり方《かた》がきたない。

「多摩子《たまこ》さん、わたし、いやだ」

「あたしも同《おな》じ意見《いけん》。客《きゃく》を入《い》れるのに必死《ひっし》なんだろうけど、きつく言《い》っておく」

多摩子《たまこ》さんはすぐに折《お》りかえし電話《でんわ》をしていた。

電話《でんわ》しながら、指《ゆび》で台所《だいどころ》を指《ゆび》さしていたのでわたしがキーマカレーを温《あたた》める。

大河《たいが》くんが自分《じぶん》の家《いえ》のようにお皿《さら》を用意《ようい》しながら「芸能界《げいのうかい》ってきたねえな」って口《くち》にした。

『この世界《せかい》をめざそうとかかんちがいするなよ』

天川流星《あまかわりゅうせい》の言葉《ことば》を思《おも》い出《だ》す。

もしかして、いじわるではなく、きたない世界《せかい》には来《く》るなっていう警告《けいこく》だったのかもしれない。

8. 1%《パーセント》の可能性《かのうせい》

悪夢《あくむ》のような撮影《さつえい》の日《ひ》から一週間《いっしゅうかん》が経《た》った。

学校《がっこう》での昼休《ひるやす》み、校内《こうない》を歩《ある》いていると……。

「鈴木《すずき》くん、心配《しんぱい》したよ！　バチン！」

「いてえ！」

「たたく真似《まね》しただけでしょ！　痛《いた》いわけないじゃん」

「ばれたか～」

廊下《ろうか》で低学年《ていがくねん》の子《こ》たちがわたしと流星《りゅうせい》くんが演《えん》じたあのシーンの物《もの》まねをしている。

「あ、ほんもの！」

たたかれた男《おとこ》の子《こ》のほうがわたしを指《ゆび》さし、わたしの真似《まね》をした女《おんな》の子《こ》と隠《かく》れるように教室《きょうしつ》に飛《と》びこんだ。

大河《たいが》くんがわたしのそばに来《く》る。

「こういうのなんだっけ？　流行《はや》る？　バズる？」

「どっちでもいいよ」

わたしは苦笑《くしょう》しながら自分《じぶん》の教室《きょうしつ》へ向《む》かった。

例《れい》のシーンは情報番組《じょうほうばんぐみ》だけでなくＳＮＳ《エスエヌエス》でも拡散《かくさん》され、すごい速《はや》さでたくさんの人《ひと》に知《し》られてしまった。

多摩子《たまこ》さんが言《い》うにはあくまでも異例《いれい》のことで、監督《かんとく》があのシーンをすごく気《き》に入《い》って、宣伝《せんでん》部《ぶ》の人《ひと》たちもそうとうがんばったって。

わたしはびっくりして、昨日《きのう》、多摩子《たまこ》さんのノートパソコンを借《か》りて世間《せけん》の反応《はんのう》をちょっとだけ読《よ》んでみた。

ＳＮＳ《エスエヌエス》には「大人顔負《おとなかおま》けのラブシーン」「きゅんきゅんしちゃう」「あの女《おんな》の子《こ》だれ？」などと書《か》かれてあった。

でも、西川多摩子《にしかわたまこ》の娘《むすめ》だってことは映画会社《えいがかいしゃ》がふせてくれたみたい。

自分《じぶん》の教室《きょうしつ》に入《はい》ると澪《みお》と萌子《もえこ》が走《はし》りよってきてわたしをはさんだ。

「この手《て》で天川流星《あまかわりゅうせい》のほっぺたをバチン！」

「そして、この腕《うで》でだきしめたなんて～！　うらやましすぎ～！」

このふたりはしょっちゅうわたしの手《て》と腕《うで》にふれてくる。

間接的《かんせつてき》に天川流星《あまかわりゅうせい》に触《さわ》った気分《きぶん》になるんだって！

「も〜う、あたしもミステリー作家《さっか》といっしょに暮《く》らしていたら現場《げんば》に行《い》けたのに」

萌子《もえこ》がじょうだんで口《くち》にした。

よく考《かんが》えたら……。

映画会社《えいがかいしゃ》がわたしと多摩子《たまこ》さんのことをないしょにしていても、この学校《がっこう》の子《こ》や、町《まち》の人《ひと》は事《じ》情《じょう》を知《し》っているわけで。

わたしと多摩子《たまこ》さんの本当《ほんとう》の関係《かんけい》が大《おお》きく広《ひろ》まるのは時間《じかん》の問題《もんだい》かも。

でも、悪《わる》いことをしたわけじゃないし、わたしが自分《じぶん》で判断《はんだん》したことだ。

もし、いじわるなことを言《い》われてもコントにして笑《わら》い飛《と》ばすしかない。

それよりも、あんな性格《せいかく》の悪《わる》い子《こ》を流星《りゅうせい》くんだって思《おも》いこんだ自分《じぶん》がはずかしい！

そのショックに比《くら》べれば、わたしと多摩子《たまこ》さんが本当《ほんとう》の親子《おやこ》ではないってたくさんの人《ひと》に知《し》られたとしても大《たい》したことじゃない。

授業《じゅぎょう》が終《お》わって、家《いえ》に帰《かえ》るとリビングで仕事《しごと》をしていた多摩子《たまこ》さんが、いきなり切《き》りだしてきた。

「おかえり結《ゆい》。おやつの前《まえ》にちょっと話《はな》しておきたいことがある。ここに座《すわ》って」

ランドセルを置《お》き、カーペットにちょこんと座《すわ》った。

「例《れい》の映像《えいぞう》が話題《わだい》になったから、監督《かんとく》が結《ゆい》にもう一度《いちど》だけ撮影《さつえい》に参加《さんか》してほしいって」

「え……それは無理《むり》！　イヤだ」

首《くび》をぶんぶんと横《よこ》にふった。

いくら多摩子《たまこ》さんが原作者《げんさくしゃ》とはいえ、あの映画《えいが》にはもう関《かか》わりたくない。

というより、天川流星《あまかわりゅうせい》には二度《にど》と会《あ》いたくない。

彼《かれ》だってわたしが撮影《さつえい》に参加《さんか》したら絶対《ぜったい》にいやがると思《おも》うけど！

「わかった。結《ゆい》もいきなり周囲《しゅうい》にさわがれたりして大変《たいへん》だったね。断《ことわ》るから安心《あんしん》して」

多摩子《たまこ》さんはあっさり、そう言《い》ってくれた。

わたしは胸《むね》をなでおろしたんだけど……！

「結《ゆい》ちゃん、やりなよ！」

倫太郎《りんたろう》が部屋《へや》に入《はい》ってきて座《すわ》りこんだ。

「倫太郎《りんたろう》、聞《き》いてたの？」

多摩子《たまこ》さんが人差《ひとさ》し指《ゆび》でおでこをつついた。

「ごめん。でも、宣伝動画《せんでんどうが》を観《み》た、クラスの子《こ》たち、みんな結《ゆい》ちゃんのことをほめてるよ。ぼくも結《ゆい》ちゃんは演技《えんぎ》にむいてると思《おも》うな。ねえ、お母《かあ》さん、また観《み》たい」

「はいはい」

多摩子《たまこ》さんがあきれながらもノートパソコンで宣伝動画《せんでんどうが》を流《なが》す。

倫太郎《りんたろう》はこの動画《どうが》が相当気《そうとうき》にいったようで、何度《なんど》も観《み》ている。

でも、わたしは一度《いちど》も観《み》ていない。

だって、いくらはじめての演技《えんぎ》で無我夢中《むがむちゅう》だったとはいえ、男《おとこ》の子《こ》をたたいてだきしめたなんて、はずかしい。友《とも》だちの前《まえ》でゴリラのもの真似《まね》をするのとはぜんぜんちがうよ。

「結《ゆい》ちゃんもはずかしがってないで、一度《いちど》はぼくとちゃんと観《み》てよ。お母《かあ》さんの映画《えいが》に結《ゆい》ちゃんが出《で》たんだよ。すごいことだよ」

倫太郎《りんたろう》がわたしの腕《うで》を引《ひ》っぱり、ハッと気《き》づかされた。

そうか、倫太郎《りんたろう》からすれば、お母《かあ》さんが原作者《げんさくしゃ》でそこにわたしがちょっとでも出演《しゅつえん》したってことはほこらしいことなんだ。

「わかった、倫太郎《りんたろう》。いっしょに観《み》よう」

「やったー」

倫太郎《りんたろう》が両手《りょうて》をあげて喜《よろこ》ぶ。

はずかしいけど、倫太郎《りんたろう》のためにがんばって観《み》るよ！

ノートパソコンから映像《えいぞう》が流《なが》れだした。

自分《じぶん》の動作《どうさ》や、声《こえ》を聞《き》くのはこそばゆい。

でも、映像《えいぞう》になってはじめてわかることもあった。

へえ、わたしが鈴木《すずき》くんをだきしめて、だきしめられた鈴木《すずき》くんのアップで終《お》わるんだ。

え……！


アップの鈴木《すずき》くんの表情《ひょうじょう》。

その瞳《ひとみ》にうっすら涙《なみだ》がたまっていた。

その表情《ひょうじょう》がわたしの心《こころ》をつらぬく。

あのときの流星《りゅうせい》くんの目《め》と似《に》ている!?


大人《おとな》になったらまたいっしょに流《なが》れ星《ぼし》を見《み》ようって約束《やくそく》したときの流星《りゅうせい》くん。

涙《なみだ》がうっすらとにじんだ流《なが》れ星《ぼし》みたいなあの目《め》と同《おな》じ……？

わたしは首《くび》をふった。

ちがう、あんないじわるな子《こ》が流星《りゅうせい》くんのわけがない。

わたしが今見《いまみ》たのは天川流星《あまかわりゅうせい》の演技《えんぎ》だ。

鈴木《すずき》くんは自分《じぶん》のことをこんなに心配《しんぱい》してくれている子《こ》がいて、うれしかったし、安心《あんしん》もした。

だから、うれしくてうっすらと目《め》に涙《なみだ》がたまった。

元々《もともと》、顔《かお》は似《に》ているわけだし、涙《なみだ》がたまった目《め》もそりゃ、似《に》ているよ。

そうだ、そうにちがいない。

「やっと、結《ゆい》ちゃんがぼくといっしょに観《み》てくれた。ね、いいシーンでしょ！」

倫太郎《りんたろう》はすっかりごきげんだった。

「そ、そうだね。自分《じぶん》ではよくわからないけど」

わたしは動揺《どうよう》していた。

彼《かれ》は流星《りゅうせい》くんじゃない、あんないじわるな子《こ》が流星《りゅうせい》くんであってはいけない！

すると、多摩子《たまこ》さんが言《い》った。

「結《ゆい》の演技《えんぎ》、迫力《はくりょく》と優《やさ》しさがあってすごくよかったよ。なにより、天川流星《あまかわりゅうせい》と結《ゆい》には時間《じかん》が見《み》える」

「え……時間《じかん》……」

「クラスメイトとしていっしょに過《す》ごした時間《じかん》ってこと。演技力《えんぎりょく》なのか、元々相性《もともとあいしょう》がよかったのかはわからないけど」

わたしと流星《りゅうせい》くんにはたしかに、いっしょに過《す》ごした時間《じかん》がある。

もし、天川流星《あまかわりゅうせい》が流星《りゅうせい》くんなら、いっしょに過《す》ごした時間《じかん》が見《み》えるのかもしれない。

わたしの心《こころ》はさらに激《はげ》しくぐらぐらとゆれた。

それをごまかすかのように多摩子《たまこ》さんに聞《き》いた。

「あ、あれ？　そういえば多摩子《たまこ》さん、はじめて感想《かんそう》を言《い》ってくれた？」

「もっと早《はや》くほめたかったんだけど、宣伝部《せんでんぶ》はよけいなことを言《い》ってくるし、結《ゆい》も急《きゅう》に周囲《しゅうい》にさわがれてとまどっているだろうし、言《い》っていいかどうか考《かんが》えちゃったんだよ。けど、この結《ゆい》の演《えん》技《ぎ》はすごくいい。安心《あんしん》してね。撮影《さつえい》はちゃんと断《ことわ》るから」

多摩子《たまこ》さんははっきりと口《くち》にした。

けど、倫太郎《りんたろう》は「ええー、結《ゆい》ちゃん参加《さんか》しなよー」と駄々《だだ》をこね出《だ》す。

「倫太郎《りんたろう》、これは結《ゆい》が決《き》めたことなんだから。わがまま言《い》っちゃダメ」

「だったらせめてもう一度観《いちどみ》せて～」

多摩子《たまこ》さんが「まったく」と笑《わら》ってもう一度《いちど》、映像《えいぞう》を流《なが》す。

わたしは今《いま》までとちがって、自分《じぶん》から進《すす》んで映像《えいぞう》を直視《ちょくし》した。

倫太郎《りんたろう》が指《ゆび》をさした。

「ここだよ！　この最後《さいご》の目《め》に涙《なみだ》がうっすらと見《み》える流星《りゅうせい》くんの表情《ひょうじょう》。ぼく大好《だいす》き」

いっしゅん、息《いき》ができなかった。

わたしにだきしめられて涙《なみだ》でうるんでいる天川流星《あまかわりゅうせい》の目《め》は、二度《にど》見《み》ても安藤流星《あんどうりゅうせい》くんの涙《なみだ》でうるんだ目《め》にしか見《み》えない。

そうだ。

わたしがだきしめたとき、天川流星《あまかわりゅうせい》はかすかにふるえていた。

きっと、わたしが想定外《そうていがい》の演技《えんぎ》をしたからびっくりしてふるえたんだ。

けど、主役《しゅやく》を堂々《どうどう》とはれる人気《にんき》スターが演技初心者《えんぎしょしんしゃ》のわたしがしたことに動揺《どうよう》なんてするのかな？

もしかして、天川流星《あまかわりゅうせい》は安藤流星《あんどうりゅうせい》くんで、わたしのことも気《き》づいていた……？

わたしだってわかっているから、かすかにふるえた……？

「結《ゆい》ちゃんは演技《えんぎ》にむいてるよ。天川流星《あまかわりゅうせい》と会《あ》えるのだって、これが最後《さいご》かもよ」

「倫太郎《りんたろう》はよほど天川流星《あまかわりゅうせい》が好《す》きなんだね」

多摩子《たまこ》さんがテーブルの上《うえ》のスマホをにぎった。

断《ことわ》りの電話《でんわ》をしようとしている……！

そうだ、倫太郎《りんたろう》が言《い》うとおりこれが最後《さいご》だ。

天川流星《あまかわりゅうせい》が安藤流星《あんどうりゅうせい》くんかどうかはわからない。

でも、このチャンスをのがしたら、わたしはずっと、天川流星《あまかわりゅうせい》は流星《りゅうせい》くんだったのかもしれないってなやみつづけることになる。

だったら、いっそ……！

「多摩子《たまこ》さん、わたし、撮影《さつえい》に行《い》く」

多摩子《たまこ》さんが「え？」とスマホを置《お》いた。

「さすが、結《ゆい》ちゃん！　やったあ」

倫太郎《りんたろう》は喜《よろこ》んでいるけど多摩子《たまこ》さんは不思議《ふしぎ》そうだった。

「あんなにいやがっていたのに急《きゅう》にどうした？」

「あ……。はじめは絶対《ぜったい》にイヤだった。急《きゅう》にさわがれたりしてびっくりもしたし。でも、今《いま》の映《えい》像《ぞう》を観《み》ていたらこの映画《えいが》に関《かか》わっちゃったんだなあって。だったら、もう一度《いちど》ぐらい関《かか》わってでもいいかなあ。というより最後《さいご》までちゃんとやりたい！」

「結《ゆい》らしい考《かんが》えだけど。だいじょうぶ？　無理《むり》してない？」

多摩子《たまこ》さんはわたしが急《きゅう》に考《かんが》えを変《か》えたことを気《き》にしていた。

ちょっと無理《むり》があったかも。

でも、わたしはがんばって言葉《ことば》をつづけた。

「上手《うま》く説明《せつめい》できないんだけど、断《ことわ》ったほうが後悔《こうかい》しそうなんだよ！　だから、やりますって返《へん》事《じ》して」

わたしは多摩子《たまこ》さんにお願《ねが》いした。

これは賭《か》けだ。

天川流星《あまかわりゅうせい》が流星《りゅうせい》くんである可能性《かのうせい》が１％《パーセント》でもあるなら賭《か》けてみたい。

そして、彼《かれ》が流星《りゅうせい》くんだったら、多摩子《たまこ》さんにはちゃんと話《はな》そう。

多摩子《たまこ》さんの小説《しょうせつ》のおかげで再会《さいかい》できたって！

「わかった。けど、ドタキャンはできないからね」

わたしが力強《ちからづよ》くうなずくと、多摩子《たまこ》さんは断《ことわ》りではなく引《ひ》き受《う》ける電話《でんわ》をしてくれた。

倫太郎《りんたろう》はうれしそうに飛《と》び回《まわ》っていた。

9. ふたりきりになりたくて

撮影日《さつえいび》の朝《あさ》。

自分《じぶん》の部屋《へや》で身支度《みじたく》をする。

机《つくえ》の引《ひ》き出《だ》しの奥《おく》から、はじめての撮影《さつえい》の前日《ぜんじつ》に書《か》いた手紙《てがみ》を取《と》りだす。

天川流星《あまかわりゅうせい》は流星《りゅうせい》くんじゃないって思《おも》ったからわたさずそのまま引《ひ》き出《だ》しにほうりこんでおいた。

念《ねん》のために持《も》って行《い》こう。

バッグに入《い》れて、玄関《げんかん》に向《む》かう。

玄関《げんかん》に多摩子《たまこ》さんと倫太郎《りんたろう》がいた。

家《いえ》の前《まえ》には久保田《くぼた》さんが運転《うんてん》してきたむかえの車《くるま》が止《と》まっている。

今日《きょう》は浜辺《はまべ》の撮影《さつえい》なんだ。

実《じつ》は犯人《はんにん》の担任《たんにん》が浜辺《はまべ》の近《ちか》くに住《す》んでいて、クラスメイトたちと遊《あそ》ぶシーンを撮《と》るらしい。

「結《ゆい》、久保田《くぼた》さんに聞《き》いたけど、今日《きょう》はにぎやかで楽《たの》しい撮影《さつえい》になるって。よかったね」

「やった、気《き》が楽《らく》になった」

わたしがほっとすると倫太郎《りんたろう》が「結《ゆい》ちゃん、がんばれ」と応援《おうえん》してくれた。

わたしはうなずき、ふたりに手《て》をふって車《くるま》の助手席《じょしゅせき》に乗《の》った。

車《くるま》が出発《しゅっぱつ》すると、もう、あとにはひけないと覚悟《かくご》が決《き》まった。

「西川多摩子先生《にしかわたまこせんせい》、はじめて会《あ》ったよ、緊張《きんちょう》した。あ、結《ゆい》さんは緊張《きんちょう》しなくていいからね」

久保田《くぼた》さんが運転《うんてん》をしながら話《はな》しかけてくれる。

「あのう、楽《たの》しいシーンでも、何度《なんど》も撮《と》りなおすとかはあるんですか？」

前回《ぜんかい》の悪夢《あくむ》のような撮影《さつえい》を思《おも》い出《だ》し、おそるおそる聞《き》く。

「いや……今日《きょう》は逆《ぎゃく》で一発撮《いっぱつど》り。あ、一回演技《いっかいえんぎ》すればいいってこと」

わたしは心《こころ》の中《なか》でガッツポーズをした。

「ところで、結《ゆい》さん、泳《およ》げる？」

「え……？　体育《たいいく》の水泳《すいえい》ではA《エー》をもらいました」

「運動神経《うんどうしんけい》よさそうだもんね。よかった」

どういう意味《いみ》の質問《しつもん》だろう。

わたしが泳《およ》げるようになったのはあくまでも最近《さいきん》だ。

お父《とう》さんお母《かあ》さんを川《かわ》の事故《じこ》で亡《な》くしてから、水《みず》はずっと怖《こわ》かった。

プールならまだしも、もしかして、海《うみ》に入《はい》るとかだったら……怖《こわ》い。

「わたしは海《うみ》に入《はい》るんですか？」

「ああ、言《い》ってなかったんだけど、まあ、ちょっとだけ」

ちょっとか。みんなで遊《あそ》ぶシーンだから、ひざぐらいまで入《はい》るのかな。

それならいいかと思《おも》ったものの……。

わたしは久保田《くぼた》さんがハンドルをにぎりながら、どこかそわそわしているような気《き》がしてならなかった。

しばらくすると、車《くるま》の窓《まど》から海《うみ》が見《み》えてきた。


車《くるま》から降《お》りると、バスが二台《だい》、止《と》まっていた。

「これロケバスっていって、外《そと》の撮影《さつえい》のときはみんなの移動《いどう》、休憩《きゅうけい》、あと、着替《きが》えもここでするんだ。あ、こっちのぼろいロケバスがぼくたちで。むこうのピカピカのロケバスは天川流星《あまかわりゅうせい》くん専用《せんよう》。結《ゆい》さんは悪《わる》いけど、ぼろいほうで着替《きが》えて」

「どっちでもだいじょうぶです。クラスメイト役《やく》の子《こ》たちはもうあっちのぼろいバス、あ、すみません、ふつうのバスの中《なか》にいるんですか？」

加山《かやま》くんもいるかもしれない！

「あ……う、うん」

久保田《くぼた》さんは何《なん》だか答《こた》えに困《こま》っていた。

なんでだろう、答《こた》えに困《こま》るような質問《しつもん》かな？

車《くるま》の中《なか》でもそわそわしていたし、お腹《なか》でも痛《いた》いのかな？

「やあ、くしゃみちゃん！　よく来《き》てくれたね。ちょっと説明《せつめい》があるからロケバスに来《き》てくれない。あ、ぼろいほうのバスね」

ピンクの髪《かみ》の監督《かんとく》がひょうひょうとやってきた。

「あ、はい」

監督《かんとく》といっしょにバスに入《はい》る。

他《ほか》にはだれもいなくてしんとしていた。

するとバスの通路《つうろ》で監督《かんとく》がいきなり頭《あたま》を下《さ》げた。

「くしゃみちゃん！　おれの一生《いっしょう》に一度《いちど》のお願《ねが》いだ！　頼《たの》む！　海《うみ》で鈴木《すずき》くんを助《たす》ける役《やく》を引《ひ》き受《う》けてくれ」

何《なに》が何《なん》だかわからない。

「あ、あの、え？」

わたしがおどろいていると監督《かんとく》が頭《あたま》を上《あ》げた。

「今日《きょう》はみんなで楽《たの》しいシーンを撮《と》る日《ひ》じゃない。この映画《えいが》のクライマックスはクラスのみんなで、担任《たんにん》の家《いえ》の近《ちか》くの海《うみ》に遊《あそ》びに行《い》く。そこで鈴木《すずき》くんはひとり残《のこ》り、担任《たんにん》に『あなたが犯人《はんにん》ですよね』と追《お》いつめる。担任《たんにん》は逆上《ぎゃくじょう》して鈴木《すずき》くんを縛《しば》り海《うみ》にほうる」

多摩子《たまこ》さんが書《か》いた原作《げんさく》を読《よ》んでいるからその先《さき》の展開《てんかい》はわたしも知《し》っている。

思《おも》わずそのあとを自分《じぶん》でしゃべってしまった。

「でも、クラスの子《こ》たちが帰《かえ》る途中《とちゅう》、柚《ゆず》ちゃんだけが鈴木《すずき》くんを気《き》にして海《うみ》にもどって……。命《いのち》がけで鈴木《すずき》くんを助《たす》ける……」

「そのとおりだ。だが、おれは監督《かんとく》として柚《ゆず》ちゃんにはこの役《やく》は無理《むり》だと判断《はんだん》した。あの子《こ》は気《き》が弱《よわ》い」

「え……！」

たしかに、柚《ゆず》ちゃんは天川流星《あまかわりゅうせい》を怖《こわ》がっている。

でも、あれは天川流星《あまかわりゅうせい》が悪《わる》いよ！

「だから、鈴木《すずき》くんはきみが助《たす》けるんだ」

監督《かんとく》がまっすぐにわたしを見《み》た。

「わ、わたしが……？」

「きみは鈴木《すずき》くんを心配《しんぱい》するあまり、ぶんなぐってだきしめた。そのきみが鈴木《すずき》くんを命《いのち》がけで助《たす》ける。物語《ものがたり》としてとても自然《しぜん》だし、観客《かんきゃく》だってなっとくする。どうだろう、引《ひ》きうけてくれないか？」

引《ひ》きうけてくれって……わたしにできるの？

いや、それよりも気《き》になることは……。

「柚《ゆず》ちゃんは自分《じぶん》の出番《でばん》がなくなってしまうってことですよね？」

「映画制作《えいがせいさく》は学校《がっこう》じゃない。そしておれは先生《せんせい》じゃなくて監督《かんとく》だ。いい映画《えいが》をつくるために俳優《はいゆう》を見《み》きわめ、どう使《つか》うか。それはおれが決《き》めることなんだよ。柚《ゆず》ちゃんもこの世界《せかい》のことはわかっているだろう」

……きびしい。

やっぱり、芸能界《げいのうかい》ってわたしには想像《そうぞう》もつかないきびしさがある。

だけど、きびしさだけじゃないちょっと気《き》になることもある。

「どうして、はじめから、今日《きょう》は鈴木《すずき》くんを助《たす》けるシーンだって教《おし》えてくれなかったんですか?」

監督《かんとく》はピンクの髪《かみ》の頭《あたま》をポリポリとかく。

「ぶっちゃけちゃうと、はじめから正直《しょうじき》に頼《たの》むより、ここに連《つ》れて来《き》たほうが引《ひ》きうけてもらえる、いや、強引《ごういん》に説得《せっとく》できるかなあって。多摩子先生《たまこせんせい》に正直《しょうじき》に話《はな》したら、『うちの子《こ》を芸能界《げいのうかい》にどっぷりつからせないでください』って怒《おこ》られそうだしな」

「つまり……わたしと多摩子《たまこ》さんにウソをついたってことですよね」

監督《かんとく》は軽《かる》く息《いき》をはく。

「ああ、そのとおりだ。ただ、おれに言《い》わせればきみがおれにウソをつかせるぐらい、すごい存在感《そんざいかん》を見《み》せたってことだ。あそこまで強《つよ》い芝居《しばい》をされると、くしゃみちゃんに鈴木《すずき》くんを助《たす》けてもらわないと、映画《えいが》として成立《せいりつ》しなくなっちゃうんだよ」

わたしは映画《えいが》のことも演技《えんぎ》のこともよくわからない。

天川流星《あまかわりゅうせい》が流星《りゅうせい》くんかどうかを確《たし》かめるためだけにここに来《き》た。

鈴木《すずき》くんを助《たす》ける役《やく》なら、天川流星《あまかわりゅうせい》とふたりきりにもなれるし、彼《かれ》が流星《りゅうせい》くんかどうかを確《たし》かめられる。

でも監督《かんとく》がわたしや多摩子《たまこ》さんにウソをついたことはゆるせない。

柚《ゆず》ちゃんのことも気《き》になるし、海《うみ》に入《はい》るのだって怖《こわ》い。

けど、それでもわたしはどうしても彼《かれ》が流星《りゅうせい》くんかどうかを確《たし》かめたい！

「わかりました、やります」

「くしゃみちゃん、ありがとう！　今《いま》、久保田《くぼた》をつれてくるからいっしょにセリフをおぼえてくれ」

監督《かんとく》が勢《いきお》いよく、ロケバスを降《お》りていった。

わたしも外《そと》の空気《くうき》を吸《す》いたくて一度《いちど》バスから降《お》りた。

すると、ちょうどピカピカなほうのロケバスからもひとりの子《こ》が降《お》りてきた。

天川流星《あまかわりゅうせい》……！

目《め》があう。

あなたは、本当《ほんとう》は流星《りゅうせい》くんなの？

それともただ顔《かお》が似《に》ているだけなの？

それを知《し》りたくてここまで来《き》たのに、いざとなると何《なに》を話《はな》していいかわからない。

とりあえず、お辞儀《じぎ》をしてみた。

「お願《ねが》いします」

こっちがお辞儀《じぎ》をしたのに天川流星《あまかわりゅうせい》は小《こ》バカにしているように笑《わら》った。

「海《うみ》にほうりこまれてずぶぬれになる役《やく》、よく引《ひ》きうけたな。監督《かんとく》の口車《くちぐるま》にのったのか」

いきなりパンチを食《く》らった。

言葉《ことば》が出《で》ない。

「もしかして、ここに連《つ》れてこられてから説明《せつめい》されたんじゃないだろうな」

え……なにもかも見《み》ぬいているんだ……！

わたしは小《ちい》さくうなずく。

「おまえもそうとうバカだな」

天川流星《あまかわりゅうせい》はあごをあげて笑《わら》う。

「バカでけっこうよ」

言《い》いかえすと、天川流星《あまかわりゅうせい》がわたしをからかうのをいっしゅん、やめた。

バカでもなんでも、わたしはあなたが流星《りゅうせい》くんの可能性《かのうせい》が１%《パーセント》でもあるなら、どうしてもふたりきりになりたい。

あ……今《いま》、ふたりきりだよね。

どうする、思《おも》いきって聞《き》いてみる？

本名《ほんみょう》は安藤流星《あんどうりゅうせい》くんじゃない？って。

でも、まだはっきりとしたことはわからないし……。

すると天川流星《あまかわりゅうせい》が再《ふたた》び口《くち》を開《ひら》いた。

「おまえがバカなのはよくわかった。でも、バカでも人間《にんげん》だ。海《うみ》や川《かわ》が怖《こわ》いなら逃《に》げたほうがいい。だれもきみをせめない」

天川流星《あまかわりゅうせい》が冷《ひ》ややかに言《い》った。

バカって何回《なんかい》言《い》うのよ！

わたしがこの役《やく》をやるのがよほどいやなわけ？

というより、追《お》いはらいたいのかも！

すると、ピカピカのロケバスからもうひとり、降《お》りてきた。

「よく来《き》たわね」

月菜《つきな》さんもバスから降《お》りてきたので、軽《かる》く頭《あたま》を下《さ》げた。

「お、お願《ねが》いします」

「監督《かんとく》の気《き》まぐれにはうんざりしてるけど、映画《えいが》の中《なか》の大切《たいせつ》なシーンだし、がんばってもらうしかないわ。うちの流星《りゅうせい》の足《あし》をひっぱらないでね」

「はい」

なんで、いやなことばかり言《い》われつづけるんだろう！

天川流星《あまかわりゅうせい》には海《うみ》や川《かわ》が怖《こわ》いなら逃《に》げたほうがいいって言《い》われたけど、彼《かれ》が流星《りゅうせい》くんかどうなのか、はっきりしないと帰《かえ》れない。

え、海《うみ》や川《かわ》……？

海《うみ》はわかるけど、どうして「川《かわ》」ってでてくるの？

わたしは天川流星《あまかわりゅうせい》のほうを見《み》た。

けど彼《かれ》はわたしをちらりと見《み》て、月菜《つきな》さんとロケバスにもどっていく。

もしかして天川流星《あまかわりゅうせい》はわたしが川《かわ》で怖《こわ》い思《おも》いをしたことを知《し》っている？

「結《ゆい》さん、おまたせ！　セリフおぼえよう」

久保田《くぼた》さんが遠《とお》くから走《はし》ってきた。

10．きみが教《おし》えてくれたこと

「結《ゆい》さん！　これで完《かん》ぺきだ」

久保田《くぼた》さんといっしょにロケバスの中《なか》でセリフはおぼえた。

わたしの役名《やくめい》は鈴木《すずき》くんの友《とも》だちだから「佐藤《さとう》さん」だって！

ちょっと笑《わら》っちゃった。

問題《もんだい》は、海《うみ》だ。

海《うみ》の中《なか》で鈴木《すずき》くんを助《たす》けるシーンが怖《こわ》い。

事故《じこ》のときの感覚《かんかく》を思《おも》い出《だ》すと、今《いま》でも体《からだ》がすくんでしまう。

「結《ゆい》さん、メイク兼衣装《けんいしょう》さん来《き》たから。着《き》がえて。ぼくは外《そと》にでるから」

久保田《くぼた》さんと入《い》れちがいに女《おんな》の人《ひと》が入《はい》って来《き》た。

衣装《いしょう》をわたされる。

「サイズがあわなかったら別《べつ》のもあるから」

衣装《いしょう》といっても、ふつうの12歳《さい》らしい服装《ふくそう》で、トレーナーにショートパンツ、その下《した》には手足《てあし》が見《み》えるタイプのウェットスーツを着《き》せられた。

これって、おぼれてもだいじょうぶってことだろうけど、逆《ぎゃく》にいえばおぼれる可能性《かのうせい》もあるってことだよね……。

着《き》がえおわるとバスの席《せき》に座《すわ》り、メイクさんがファンデーションをぬってくれた。

はじめての体験《たいけん》でドキドキする。

「結《ゆい》ちゃんはアイドルやモデルではなく女優《じょゆう》さん顔《がお》だね」

「なんですかそれ？」

「メイクしだいで華《はな》やかな役《やく》も地味《じみ》な役《やく》もいけそう。顔《かお》が小《ちい》さいのに、黒目《くろめ》が大《おお》きく力《ちから》があるから、アップがきまるよ」

そうなのかな。

うれしいけど、うれしさを味《あじ》わっているよゆうがない。

海《うみ》の撮影《さつえい》、そして天川流星《あまかわりゅうせい》のわたしが川《かわ》にいやな思《おも》い出《で》があることを知《し》っているような言《い》い方《かた》。

ものすごく気《き》になる。

メイクさんに両《りょう》ほほをつんつんとつつかれた。

「顔《かお》が怖《こわ》いよ。リラックス、リラックス！　お家《うち》や学校《がっこう》での自分《じぶん》を思《おも》い出《だ》して」

まずい、緊張《きんちょう》している！

お家《うち》や学校《がっこう》でのわたしってどんなだっけ？　そうだ！

すくりと立《た》ちあがった。

「イケメンゴリラ、ジョージ！」

胸《むね》をこぶしでたたきながら眉間《みけん》にしわをよせ、鼻《はな》の下《した》をのばした。

「いきなり、なに～？　結《ゆい》ちゃん、面白《おもしろ》すぎ～！」

メイクさんが大笑《おおわら》いをしている。

すると、バスのドアがあき、監督《かんとく》が入《はい》ってきた。

監督《かんとく》がぽかんと口《くち》を開《あ》け、わたしはあわててやめた。

「す、すみません。緊張《きんちょう》しちゃったから、リラックスしようと」

「へ～。くしゃみちゃんはリラックスをするときはゴリラの真似《まね》をするのか。くしゃみもゴリラも演《えん》じられる。大《たい》したもんだ。よし、外出《そとで》て」

「は、はい」

監督《かんとく》に言《い》われバスから降《お》りる。

調子《ちょうし》にのりすぎたかも、はずかしい！

……ちょっと待《ま》って。

監督《かんとく》、今《いま》、『くしゃみもゴリラも演《えん》じられる』って言《い》ったよね。

もしかして、前回《ぜんかい》の撮影《さつえい》でわざとくしゃみしたこと、ばれてる？

あわてて監督《かんとく》のほうを見《み》た。

「いいかんじの曇《くも》り空《ぞら》になってくれたな。晴《は》れてると緊迫感《きんぱくかん》がないからな」

監督《かんとく》が砂浜《すなはま》のほうに歩《ある》いていくのでついていった。

「もう一度《いちど》くりかえすけど、今日《きょう》のシーンはきみが鈴木《すずき》くんを救出《きゅうしゅつ》する。鈴木《すずき》くんは担任《たんにん》に縄《なわ》でしばられこの海《うみ》にほうり投《な》げられた。きみが演《えん》じる佐藤《さとう》さんがそれを見《み》つけた」

「……はい」

海《うみ》を見《み》ながら改《あらた》めて説明《せつめい》されると、緊張度《きんちょうど》がましてくる。

だいじょうぶかな、わたし。

「じゃあ、まずここから」

「え、ここからって？」

気《き》がつくとはなれたところにカメラを持《も》っているスタッフがいた。

「いいか、あの海《うみ》で両手《りょうて》をしばられた鈴木《すずき》くんがおぼれかけている。きみは鈴木《すずき》くんを発見《はっけん》し『鈴木《すずき》くん！』と叫《さけ》び、彼《かれ》を助《たす》けようと走《はし》る。いい？　撮《と》るよ」

「は、はい」

「この海《うみ》には他《ほか》にだれもいない。きみしか鈴木《すずき》くんを助《たす》けられる人《ひと》はいない。きみが鈴木《すずき》くんの命《いのち》を背負《せお》っている。ちゃんと想像《そうぞう》しろよ」

「はい！」

わたしは誰《だれ》もいない海《うみ》に視線《しせん》をむけた。

あそこにおぼれている鈴木《すずき》くんがいる！

それを演《えん》じているのは流星《りゅうせい》くんなのかもしれない……！

「シーン48スタート！」

監督《かんとく》が合図《あいず》すると、わたしは海《うみ》を見《み》て自然《しぜん》にセリフが出《で》た。

「鈴木《すずき》くん！」

そして無我夢中《むがむちゅう》で走《はし》りだす。

「鈴木《すずき》くん！　死《し》なないで！」

セリフが自然《しぜん》と口《くち》から出《で》てくる。

必死《ひっし》に走《はし》ると、砂浜《すなはま》に足《あし》をとられ、思《おも》いきり転《ころ》んでしまった。

靴《くつ》が片方《かたほう》ぬげたけど、履《は》きなおしている場合《ばあい》じゃない。

顔《かお》にかかった砂《すな》もどうでもいい。

そのまま立《た》ち上《あ》がり走《はし》りだす。

海《うみ》に入《はい》ろうとする直前《ちょくぜん》で、「カット！　OK《オーケー》」って声《こえ》が聞《き》こえた。

けど、足《あし》が止《と》まらない……！

「結《ゆい》さん！　そこまで！」

久保田《くぼた》さんが走《はし》ってきて後《うし》ろからわたしを強引《ごういん》に止《と》めてくれた。

監督《かんとく》がこっちに歩《ある》いてくる。

「いいぞ！　一発OK《いっぱつオーケー》！　人間《にんげん》、本気《ほんき》で走《はし》ると足《あし》が止《と》まらないんだよ。そして自然《しぜん》にぬげた靴《くつ》、顔《かお》にかかった砂《すな》、リアリティがあってすばらしいなあ。このまま行《い》っちゃうか。流星《りゅうせい》くん、準備《じゅんび》できた？」

「いつでもどうぞ」

天川流星《あまかわりゅうせい》は手《て》を後《うし》ろに回《まわ》しスタッフの人《ひと》に手首《てくび》をしばられていた。

「それで、海《うみ》の中《なか》に入《はい》るんですか？」

「お、くしゃみちゃん。流星《りゅうせい》くんを心配《しんぱい》してくれているんだね。優《やさ》しいなあ。くしゃみちゃんがあれを解《ほど》かないと流星《りゅうせい》くんは名前《なまえ》のとおり流《なが》れ星《ぼし》になっちゃうからね」

「え……」

自分《じぶん》の顔《かお》から血《ち》の気《け》がひくのがわかった。

「監督《かんとく》！　結《ゆい》さんを怖《こわ》がらせないでくださいよ。結《ゆい》さん、こっち来《き》て」

久保田《くぼた》さんがわたしを引《ひ》っぱって天川流星《あまかわりゅうせい》の後《うし》ろに立《た》たせた。

「ここのたれ下《さ》がっている部分《ぶぶん》の縄《なわ》を下《した》に引《ひ》っぱればすぐに解《ほど》ける。わかった？」

「はい」

わたしはしっかりとうなずいた。

天川流星《あまかわりゅうせい》がちらりと後《うし》ろを見《み》て、目《め》があった。

「不安《ふあん》だなあ。おれを殺《ころ》すなよ」

ぞくりとする目《め》だった。

「必《かなら》ず助《たす》けるから安心《あんしん》してください」

わたしが言《い》いきると、天川流星《あまかわりゅうせい》はいっしゅんおどろいていた。

演技《えんぎ》って怖《こわ》いところがある。

さっき、海《うみ》でおぼれている子《こ》はわたしが想《おも》いつづけた流星《りゅうせい》くんかもしれない！　って考《かんが》えていたら、天川流星《あまかわりゅうせい》は流星《りゅうせい》くんかもしれないをこえて、流星《りゅうせい》くんそのものに見《み》えてきた。

「いいか、くしゃみちゃん、流星《りゅうせい》くん。海《うみ》の中《なか》で何度《なんど》もやりなおすと大変《たいへん》だから、ここからは一気《いっき》にいく。多少《たしょう》のアドリブはあり。カットがかかるまでがんばって」

監督《かんとく》の説明《せつめい》にわたしは緊張《きんちょう》しながらうなずいた。

けど、天川流星《あまかわりゅうせい》は「まあ、そうでしょうね」とどこふく風《かぜ》だった。

監督《かんとく》が久保田《くぼた》さんのほうに行《い》くと、天川流星《あまかわりゅうせい》が小《ちい》さい声《こえ》でわたしに言《い》った。

「言《い》っておくけどおまえに何《なに》かあっても、おれはおまえを助《たす》けない」

「え……」

「命《いのち》は平等《びょうどう》じゃない。おれとおまえに何《なに》かあったらスタッフはおれを助《たす》けるけど、おまえはどうかな？　おまえが死《し》んでもせいぜいいっしょに暮《く》らしている人《ひと》や、クラスメイトぐらいしか悲《かな》しまない。でもおれが死《し》んだら日本中《にほんじゅう》のファンが泣《な》く」

海風《うみかぜ》が吹《ふ》き、ザブーンと波《なみ》の音《おと》が聞《き》こえる。

いっしゅん、耳《みみ》を疑《うたが》った。

口《くち》が悪《わる》いなんてレベルじゃない。

こんなひどいこと、どうしたら言《い》えるの？

安藤流星《あんどうりゅうせい》くんはボタンを拾《ひろ》ってくれた時《とき》に空《そら》を見上《みあ》げながら「両親《りょうしん》には会《あ》ったことはないけど、流星《りゅうせい》って名前《なまえ》を大切《たいせつ》にしてる」と語《かた》っていた。

どんなにつらくても、希望《きぼう》を探《さが》す。

どんなに悲《かな》しくても、人《ひと》に優《やさ》しくする。

わたしが知《し》っている流星《りゅうせい》くんは命《いのち》が平等《びょうどう》じゃないなんてなにがあっても言《い》わない。

彼《かれ》はつづけて言《い》う。

「おまえのことなんか、だれも守《まも》らないぞ。ここにいるやつら全員《ぜんいん》、自分《じぶん》のことしか考《かんが》えてないからな。原作者《げんさくしゃ》だかなんだか知《し》らないが、いっしょに暮《く》らしているやつらのところにさっさと帰《かえ》れよ」

わたしを完全《かんぜん》に見下《みくだ》している目《め》だった。

わたしはショックと怒《いか》りで体《からだ》のふるえが止《と》まらない。

おまえが死《し》んでもいっしょに暮《く》らしている人《ひと》やクラスメイトしか悲《かな》しまないって。

それだけ悲《かな》しんでくれれば十分《じゅうぶん》だけど。

けど、いっしょに暮《く》らしているやつらって、多摩子《たまこ》さんと倫太郎《りんたろう》のことをバカにしているみたいで、すごく腹《はら》が立《た》つ。

え……いっしょに暮《く》らしているやつら？

どうして、家族《かぞく》って言葉《ことば》を使《つか》わないいんだろう。

わたしと多摩子《たまこ》さんが、血《ち》がつながっていないってわかっている？

さっきもわたしが川《かわ》にいやな思《おも》い出《で》があるのを知《し》っているかのようだったし。

天川流星《あまかわりゅうせい》はわたしが、水《みず》が苦手《にがて》なこと、そして、家族《かぞく》ではない人《ひと》たちと暮《く》らしていることを知《し》っている……！

その二《ふた》つを知《し》っている人《ひと》はこの映画《えいが》の関係者《かんけいしゃ》にはいないはず。

でも、彼《かれ》が安藤流星《あんどうりゅうせい》くんならこの二《ふた》つは知《し》っている……！

「どうした、何《なに》か言《い》いたいなら言《い》って、さっさと消《き》えろ。おれは自分《じぶん》で自分《じぶん》の縄《なわ》をとることもできる。そのほうが客《きゃく》も喜《よろこ》ぶ。おまえの存在《そんざい》は意味《いみ》がない。むだに海水《かいすい》を飲《の》みこむだけだ」

いっしゅん、また頭《あたま》に血《ち》がのぼりそうになるけど、がんばっておさえた。

「天川流星《あまかわりゅうせい》さん。あなたはまちがっている。わたしはある子《こ》に教《おそ》わった。苦《くる》しんでいる子《こ》がいれば優《やさ》しくする、助《たす》けようとする。だって人《ひと》は助《たす》けあわないと生《い》きていけない。だからわたしはきみを絶対《ぜったい》に助《たす》けてあげる!」

彼《かれ》は目《め》を見《み》ひらきあぜんとしていた。

教《おし》えてくれた子《こ》っていうのは安藤流星《あんどうりゅうせい》くんのこと。

あなたは安藤流星《あんどうりゅうせい》くんなの? そうじゃないの?

「流星《りゅうせい》くん、そろそろ頼《たの》むよ」

監督《かんとく》の声《こえ》が聞《き》こえると、何《なに》も言《い》わず海《うみ》の中《なか》に入《はい》っていった。

性格《せいかく》はともかく、海《うみ》に入《はい》るシーンならいさぎよく入《はい》っていく。

プロだよね、天川流星《あまかわりゅうせい》。

もし流星《りゅうせい》くんが俳優《はいゆう》になったとしても、同《おな》じようにいさぎよく入《はい》っていきそう。

ただ、周囲《しゅうい》には優《やさ》しくすると思《おも》う。

彼《かれ》の背中《せなか》を見《み》つめていたらだれかがそばに来《き》た。

「結《ゆい》さん、命《いのち》がかかってる重要《じゅうよう》なシーンよ。わかってるでしょうね」

月菜《つきな》さんだった。

「はい、わかってます」

「原作者《げんさくしゃ》の娘《むすめ》だからっていいかげんなことをしないでね」

わたしのことがカンにさわるんだろうけど、原作者《げんさくしゃ》の娘《むすめ》ってちょっとうるさいよね。

胸《むね》をこぶしでたたき、鼻《はな》の下《した》をのばしてみた。

「なにしているの？」

「リラックスです。わたしは原作者《げんさくしゃ》の娘《むすめ》じゃなくイケメンゴリラのジョージ。なんちゃって」

「バカにしてるの！」

メイクさんがわたしたちのやりとりに気《き》がついたみたいで、「まあまあ。結《ゆい》ちゃんなりのリラックス方法《ほうほう》だから」と月菜《つきな》さんをなだめながらつれていった。

天川流星《あまかわりゅうせい》は海《うみ》の中《なか》にいて肩《かた》から上《うえ》だけが出《で》ていた。

救命具《きゅうめいぐ》を持《も》ったスタッフも海《うみ》の中《なか》でスタンバイしている。

そして、数人《すうにん》のカメラマンが海《うみ》の中《なか》に入《はい》っていく。

監督《かんとく》は砂浜《すなはま》でモニターを見《み》ながら指示《しじ》を出《だ》す。

これだけの人《ひと》がいるわけだから、危《あぶ》ないことなんて起《お》きるはずがない。

けど、心《こころ》のどこかでやっぱり、水《みず》って怖《こわ》いよ、なんて思《おも》ってる自分《じぶん》もいた。

頭《あたま》をふる。

集中《しゅうちゅう》しないと命《いのち》とりになる。

なにより、天川流星《あまかわりゅうせい》を助《たす》けるって言《い》いきったんだから！

「シーン49、スタート」

わたしは「鈴木《すずき》くん！」とさけび海《うみ》に入《はい》って行《い》った！

11. 海《うみ》の中《なか》のふたり

「ゲホ、ゴホ、危《あぶ》ないよ、佐藤《さとう》さん、来《き》ちゃだめだ」

「どっちが危《あぶ》ないのよ！」

天川流星《あまかわりゅうせい》は芝居《しばい》が本当《ほんとう》に上手《うま》い。
実際《じっさい》は足《あし》がついてるのに、おぼれかかってるとしか思《おも》えない動《うご》きをしている。
だから、こっちも必死《ひっし》になって助《たす》けようとする。
でも、服《ふく》のまま海《うみ》の中《なか》で動《うご》くって大変《たいへん》！
服《ふく》が水《みず》の重《おも》みでからみついてくる。
「鈴木《すずき》くん、がんばって！」
水《みず》が怖《こわ》いとか苦手《にがて》なんて気持《きも》ちはもうどこかに飛《と》んでいた。
それより、目《め》の前《まえ》でおぼれかけている子《こ》を助《たす》けないと！
わたしはなんとか海《うみ》の中《なか》を歩《ある》き、たどりついた。

「鈴木《すずき》くん、だいじょうぶ？」

「手《て》がしばられているんだ」

「ええ？」

わたしは一度海《いちどうみ》にもぐって、鈴木《すずき》くんの手《て》を確認《かくにん》する演技《えんぎ》をする。

そしてうかびあがって水面《すいめん》からぷはーっと顔《かお》を出《だ》した。

「解《ほど》いてみる！　待《ま》ってて」

「危《あぶ》ないよ！」

わたしはもう一度海《いちどうみ》にもぐり、久保田《くぼた》さんに言《い》われたとおりの箇所《かしょ》を引《ひ》っぱった。

ほどけた！

なわを持《も》って顔《かお》を出《だ》す。

鼻《はな》に海水《かいすい》が入《はい》ったけど、セリフを言《い》わなきゃ。

「鈴木《すずき》くん、やったよ！」

「ありがとう！　ぼく、このまま死《し》ぬんじゃないかって。怖《こわ》くて。ありがとう！」

鈴木《すずき》くんがわたしにだきつく。

台本通《だいほんどお》りの芝居《しばい》なのに胸《むね》がつまった。

なぜか安藤流星《あんどうりゅうせい》くんにだきつかれた気持《きも》ちになってしまう。

海水《かいすい》の中《なか》で、天川流星《あまかわりゅうせい》がわたしの背中《せなか》をつついた。

しまった、セリフ、忘《わす》れてた。

「寒《さむ》いから海《うみ》からあがろう」

わたしのセリフに鈴木《すずき》くんは「うん」とうなずき、ふたりでよりそいながら海《うみ》の中《なか》を歩《ある》いていく。

砂浜《すなはま》についたら、座《すわ》りこんで笑《わら》っておわり。

のはずだったんだけど……！

わたしの右足《みぎあし》が動《うご》かない。

何《なに》これ、どうしちゃったの？

足《あし》がつった？　ちがう。何《なに》かにひっぱられている。

すぐ近《ちか》くにいる天川流星《あまかわりゅうせい》がわたしの異変《いへん》に気《き》づいた。

どうするのこういう場合《ばあい》？

監督《かんとく》は『カットがかかるまでがんばって』って言《い》ってたよね。

でも、右足《みぎあし》が動《うご》いてくれない。

「どうしたの？」

鈴木《すずき》くんが聞《き》いてきた。

この『どうしたの？』は鈴木《すずき》くんのセリフにはない。

たぶん、このままアドリブでつづける気《き》だ。

「わ、わかんない。右足《みぎあし》が急《きゅう》に動《うご》かなくて」

顔《かお》がこわばっているのが自分《じぶん》でわかる。

わたしの恐怖《きょうふ》につられたのか、鈴木《すずき》くんの表情《ひょうじょう》が変《か》わった。

「見《み》てくるよ」

鈴木《すずき》くんがもぐる。

そのまま、なかなか顔《かお》を出《だ》さない。

何《なに》かあった？

すると、海面《かいめん》からぷはーっと顔《かお》を出《だ》してきた。

「海藻《かいそう》がからまっている！　ほどくから待《ま》っていて！」

口調《くちょう》は鈴木《すずき》くんだけどなにかがちょっとちがった。

天川流星《あまかわりゅうせい》、あわてている……？

いじわるで冷酷《れいこく》な天川流星《あまかわりゅうせい》があわてているってことはふつうの事態《じたい》じゃない？

「危《あぶ》ないんじゃない？　やめたら？」

わたしは精《せい》いっぱい冷静《れいせい》なフリをしたけど、不安《ふあん》でたまらなかった。

「おちついて待《ま》ってろ。暴《あば》れるな」

その言《い》い方《かた》は鈴木《すずき》くんにしては乱暴《らんぼう》だった。

天川流星《あまかわりゅうせい》の素《す》の言《い》い方《かた》だ。

でも、天川流星《あまかわりゅうせい》にしては言《い》ってることに思《おも》いやりがあって、彼《かれ》の切《き》れ長《なが》の目《め》が安藤流星《あんどうりゅうせい》くんの目《め》に重《かさ》なる。

彼《かれ》はもう一度《いちど》、もぐった。

これ、なんていうの？　アクシデント？　想定外《そうていがい》？

これでも演技《えんぎ》をつづけるの？

そして、さらに新《あたら》しいアクシデントが起《お》きた。

ざぶん、ざぶん。

小《ちい》さな波《なみ》が一定《いってい》のリズムで次《つぎ》から次《つぎ》へと押《お》しよせる中《なか》。

右足《みぎあし》が動《うご》かない状態《じょうたい》で、体《からだ》がふわりとういた。

突然《とつぜん》の大《おお》きな波《なみ》だった！

右足《みぎあし》が海底《かいてい》に引《ひ》っぱられるかのように頭《あたま》の上《うえ》まで海水《かいすい》がきた。
息《いき》ができない、苦《くる》しい！
この苦《くる》しさ、覚《おぼ》えている……！
わたしは幼《おさな》くて、川《かわ》で遊《あそ》んでいて、急《きゅう》に流《なが》れが速《はや》くなって……。
川《かわ》の流《なが》れに体《からだ》をひきずられて、お父《とう》さんとお母《かあ》さんがあわててやってきて。
そして、わたしは助《たす》かったけど、お父《とう》さんとお母《かあ》さんが……。
わたしは恐怖《きょうふ》のあまり心《こころ》の中《なか》で「いや!!」とさけんだ。
もう、演技《えんぎ》なんて忘《わす》れてしまった。
大《おお》きな波《なみ》にのまれ、みっともないぐらいに両手《りょうて》を動《うご》かす。
波《なみ》の中《なか》で泣《な》きさけびそうになったとき。
天川流星《あまかわりゅうせい》が必死《ひっし》にわたしの足《あし》にからみついている海藻《かいそう》を取《と》っているのが見《み》えた。
わたしは手《て》で「早《はや》くあがって」と合図《あいず》した。
だって彼《かれ》はわたしより長《なが》い間《あいだ》もぐっていて、息《いき》をしていない！
危険《きけん》すぎるよ！　死《し》んじゃうかもしれない！
波《なみ》がもう一度《いちど》来《き》て、わたしは底《そこ》のほうまで沈《しず》んでいく。

もういいよ、いいから！
心《こころ》の中《なか》で天川流星《あまかわりゅうせい》にうったえた。
けど彼《かれ》はわたしの足《あし》にからまった海藻《かいそう》を取《と》ることしか考《かんが》えていなかった。
おれが死《し》んだら日本中《にほんじゅう》のファンが悲《かな》しむんじゃないの？
命《いのち》は平等《びょうどう》じゃないんでしょ？
これじゃまるで自分《じぶん》の命《いのち》よりわたしの命《いのち》が大事《だいじ》みたいだよ！
そして、足《あし》にからまっていた海藻《かいそう》がふわりと解《ほど》けた！
天川流星《あまかわりゅうせい》は「やった」という顔《かお》をして、わたしをひっぱりあげた。
ふたり同時《どうじ》に海面《かいめん》から顔《かお》を出《だ》す。
「やった！　助《たす》かった！」
彼《かれ》はそう言《い》って心《こころ》からの笑顔《えがお》をはじめてわたしに見《み》せてくれた。
子《こ》どもらしいむじゃきな笑顔《えがお》。
これは演技《えんぎ》じゃない。
本当《ほんとう》はこんなふうにむじゃきに純粋《じゅんすい》に笑《わら》う子《こ》なんだ。
そしてその笑顔《えがお》はわたしが想《おも》いつづけていた流星《りゅうせい》くんそのものだ！

「そんな、ムチャしなくても」

台本《だいほん》にはぜんぜんないセリフだけど、もうそれしか出《で》てこなかった。

ほっとしたのか涙《なみだ》がほほを伝《つた》う。

彼《かれ》が指《ゆび》をのばす。

「ムチャはどっちだ？　助《たす》かってよかった……。本当《ほんとう》によかった。心臓《しんぞう》が止《と》まるかと思《おも》った」

でも、わたしにはもう彼《かれ》が、鈴木《すずき》くんにも天川流星《あまかわりゅうせい》にも見《み》えない。

何度《なんど》もよかったをくりかえす彼《かれ》は、わたしの大切《たいせつ》なボタンをさがしてくれた流星《りゅうせい》くんと同《おな》じだから！

彼《かれ》はほっとした笑顔《えがお》のまま、指《ゆび》でわたしの涙《なみだ》をぬぐってくれた。

そして、わたしのほほにふれた。

その瞬間《しゅんかん》、あの夜《よる》の記憶《きおく》がよみがえる。

流《なが》れ星《ぼし》を見《み》たときの流星《りゅうせい》くんの手《て》の感触《かんしょく》と同《おな》じだ。

わたしは思《おも》わず、ほほにそえられた流星《りゅうせい》くんの手《て》を両手《りょうて》で包《つつ》む。

そして、彼《かれ》の瞳《ひとみ》が波《なみ》のようにゆれた。

……もしかして、あの夜《よる》のことをおぼえている？

あなたは、安藤流星《あんどうりゅうせい》くんだよね。

そうだよね、まちがいないよね！

「カット！　OK《オーケー》！　みんな海《うみ》から上《あ》がれ！」

砂浜《すなはま》にいる監督《かんとく》が拡声器《かくせいき》で言《い》ってきた。

「結《ゆい》さん、ごめん！　海底《かいてい》にもぐってチェックしたんだけど、海藻《かいそう》に気《き》づかなかった」

久保田《くぼた》さんがばしゃばしゃと海《うみ》の中《なか》にやってきて、必死《ひっし》にわたしにあやまった。

「大変《たいへん》だったのは鈴木《すずき》くんだから」

わたしは彼《かれ》をちらりと見《み》た。

「寒《さむ》いから、さっさと上《あ》がる」

天川流星《あまかわりゅうせい》は一番早《いちばんはや》く上《あ》がり、月菜《つきな》さんがタオルでくるんだ。

「監督《かんとく》、これ撮《と》り直《なお》しですよね。さすがのぼくもあわててしまって。おはずかしいですがところどころで鈴木《すずき》くんが飛《と》んでしまいました」

天川流星《あまかわりゅうせい》があやまると監督《かんとく》が言《い》った。

「すばらしかった！　演技《えんぎ》をこえた演技《えんぎ》で、鈴木《すずき》くんに深《ふか》みが出《で》たよ！　海《うみ》の中《なか》もカメラマンが撮《と》ってくれた。おれはこの映画《えいが》のヒットが見《み》えたよ！」

監督《かんとく》が興奮《こうふん》して語《かた》っていると天川流星《あまかわりゅうせい》は「……そうですか」と月菜《つきな》さんとロケバスにむかう。

ちょうど、メイクさんがわたしのことをタオルでくるんでくれたとき。

彼《かれ》がいっしゅん、ふりむきわたしに視線《しせん》をむけた。

何《なに》か言《い》いたそうだったけど、おさえこんで前《まえ》をむき、歩《ある》きだした。

わたしは確信《かくしん》した。

天川流星《あまかわりゅうせい》は安藤流星《あんどうりゅうせい》くんだ。

そして、おそらく、わたしのことも大沢結《おおさわゆい》だってわかっている……！

12. やっと会《あ》えた……！

私服《しふく》に着《き》がえ、髪《かみ》をかわかすと、陽《ひ》が暮《く》れだしていた。

砂浜《すなはま》にもどると、スタッフが浜辺《はまべ》で火《ひ》をおこし、豚汁《とんじる》やバーベキューを用意《ようい》していた。

「くしゃみちゃん！　おつかれ〜！　エネルギー使《つか》っただろ。食《た》べて、食《た》べて！」

「いいんですか？」

「あたりまえ、座《すわ》って」

バーベキュー用《よう》の椅子《いす》に座《すわ》ると、監督《かんとく》みずから豚汁《とんじる》をよそって、手《て》わたしてくれた。

「ありがとうございます」

一口《ひとくち》飲《の》んでみると、体《からだ》に温《あたた》かさがしみわたる。

「おいしい！」

「だろ〜！　野菜《やさい》は久保田《くぼた》が切《き》って、味《あじ》つけはおれがした」

監督《かんとく》は得意顔《とくいがお》だ。

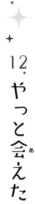

だまされたりして頭《あたま》にくることもあったけど、にくめない人《ひと》だよね。

わたしも役割《やくわり》をおえられたと、ほっとする。

あとは流星《りゅうせい》くんに、あなたは安藤流星《あんどうりゅうせい》くんだよねって確《たし》かめたい。

でもそれは、ふたりきりにならないとできない！

「お！　流星《りゅうせい》くんもおつかれ〜」

私服《しふく》に着《き》がえた天川流星《あまかわりゅうせい》と月菜《つきな》さんがやってきた。

「流星《りゅうせい》は明日《あした》の朝《あさ》も早《はや》いのでそんなに長《なが》くはいられません」

月菜《つきな》さんがそう言《い》うと監督《かんとく》は「ちょっとでいいからさ」とふたりをバーベキューの鉄板《てっぱん》をはさんでわたしの向《む》かいに座《すわ》らせる。

監督《かんとく》はふたりにも豚汁《とんじる》をよそっていた。

「流星《りゅうせい》くん、あの海藻《かいそう》アドリブも助《たす》かったけど、そのあとのほほにふれるの見事《みごと》だったよー。くしゃみちゃんもそこに手《て》を重《かさ》ねてくれるし。おれ編集《へんしゅう》しながら泣《な》いちゃうよ」

「そうですか。よかったです」

流星《りゅうせい》くんは豚汁《とんじる》の容器《ようき》を口《くち》に当《あ》てる。

わたしは安藤流星《あんどうりゅうせい》くんのおわんやおはしの持《も》ち方《かた》を思《おも》い出《だ》す。

背筋《せすじ》をのばし、大切《たいせつ》に一口《ひとくち》一口《ひとくち》味《あじ》わう流星《りゅうせい》くん。

幼《おさな》かったわたしからすると、すごく大人《おとな》に見《み》えたあの食《た》べ方《かた》。

そっくりだ。

わたしは目《め》の前《まえ》にいる子《こ》は絶対《ぜったい》に流星《りゅうせい》くんだって確信《かくしん》しきっていた。

「けど、くしゃみちゃんは演技《えんぎ》のカンがいいよな。流星《りゅうせい》くんだってそう思《おも》って芝居《しばい》してただろ。はじめてには思《おも》えないなーって」

「はじめてだからできることもあるんじゃないですか」

月菜《つきな》さんがわたしに視線《しせん》もあわせずに言《い》った。

「あ、そうですね。たぶん」

適当《てきとう》に返《かえ》す。

わたしは流星《りゅうせい》くんとふたりで話《はな》すチャンスを作《つく》ることに頭《あたま》がいっぱいだった。

今《いま》、すぐにでも、『流星《りゅうせい》くん、わたしは結《ゆい》だよ！　流星《りゅうせい》くんに会《あ》いたかった！』って口《くち》にしたい。

「でもさ、くしゃみちゃんはなんで演技《えんぎ》のカンがいいのかな？　子《こ》どものころから本《ほん》にかこまれてるからかな？　作家《さっか》の血《ち》を受《う》け継《つ》ぐと俳優《はいゆう》としていいのかな？」

わたしは監督《かんとく》の言葉《ことば》をきき、思《おも》いきって賭《か》けにでることにした。

緊張《きんちょう》をぐっと押《お》し殺《ころ》し、監督《かんとく》の問《と》いかけにこたえる。

「わたし、子《こ》どものころから本《ほん》にかこまれてません。あ、でも、施設《しせつ》にも本《ほん》はたくさんあったかな」

監督《かんとく》と月菜《つきな》さんが「え」とこっちを見《み》た。

流星《りゅうせい》くんだけは全《まった》く反応《はんのう》しない。

でも、わたしは賭《か》けをつづける……！

「西川多摩子《にしかわたまこ》さんはわたしの母《はは》の友人《ゆうじん》です。両親《りょうしん》は事故《じこ》で死《し》んで、そのあと施設《しせつ》で暮《く》らしていました。でも、多摩子《たまこ》さんがひきとってくれたんです」

監督《かんとく》と月菜《つきな》さん、あと監督《かんとく》の後《うし》ろに立《た》っていた久保田《くぼた》さんも絶句《ぜっく》していた。

肝心《かんじん》の流星《りゅうせい》くんだけはおどろくぐらい表情《ひょうじょう》が変《か》わらない。

沈黙《ちんもく》ができてしまった。

流星《りゅうせい》くんにわたしの今《いま》の環境《かんきょう》と思《おも》い出《で》を伝《つた》えたかったんだけど、そのせいでみんなが暗《くら》くなるのはよくない！

わたしは食《た》べおえたバーベキューのくしをもち「これフェンシングみたい！」と前《まえ》に出《だ》したり

ひっこめたりしてみた。

月菜《つきな》さんがあぜんとし、監督《かんとく》と久保田《くぼた》さんがぷっとふきだす。

「久保田《くぼた》くん、小学生《しょうがくせい》の女《おんな》の子《こ》が深刻《しんこく》な話《はなし》をしているときに笑《わら》ってるんじゃないよ」

「すみません。でも、監督《かんとく》だって」

久保田《くぼた》さんは監督《かんとく》に注意《ちゅうい》されながら困《こま》っていた。

施設《しせつ》にいたころなら流星《りゅうせい》くんは遠《とお》くから『ごめん、笑《わら》えない』って目《め》をしてくれていた。

その目《め》は大人《おとな》びていて当時《とうじ》のわたしからするとちょっと怖《こわ》かったけど、見守《みまも》ってくれている温《あたた》かさもあった。

でも、今《いま》の流星《りゅうせい》くんはみずから鉄仮面《てつかめん》をかぶってるようで何《なに》も読《よ》みとれない。

「くしゃみちゃんは感情《かんじょう》の引《ひ》きだしが多《おお》いんだろうな」

監督《かんとく》が焼《や》いているバーベキューのくしをひっくりかえしながら口《くち》にした。

「感情《かんじょう》の引《ひ》きだし？」

わたしはおうむがえしする。

「ふつうの子《こ》よりたくさんの経験《けいけん》をしてるから引《ひ》きだしが多《おお》い。おれのカンだけど、状況《じょうきょう》は大変《たいへん》だった。でも人《ひと》には恵《めぐ》まれてたんじゃない？」

「そのとおりです。多摩子《たまこ》さんはもちろんだけど、施設《しせつ》でも支《ささ》えてくれる子《こ》がいて……」

ここまで言《い》うのが精《せい》いっぱいだった。

流星《りゅうせい》くん、きみのことだよ。

わたしの気持《きも》ちはあふれそうになっているのに、流星《りゅうせい》くんは聞《き》いてないかのようにジュースを飲《の》んでいる。

「人《ひと》に恵《めぐ》まれていたから、すれてない。頭《あたま》の中《なか》で損得勘定《そんとくかんじょう》せず感情《かんじょう》をストレートに表現《ひょうげん》できる。そこがくしゃみちゃんのいいとこだ」

監督《かんとく》の言葉《ことば》にやっと流星《りゅうせい》くんが口《くち》を開《ひら》いた。

「……すれてるとダメなんですかね」

「え？　まあ、俳優《はいゆう》はいろんなタイプがいるから。あははは」

監督《かんとく》が笑《わら》うと、月菜《つきな》さんのスマホがなった。

「すみません、失礼《しつれい》します」

月菜《つきな》さんが席《せき》を立《た》つと、流星《りゅうせい》くんもその場《ば》をはなれた。

月菜《つきな》さんとは別方向《べつほうこう》に向《む》かう。

どこに行《い》くんだろう。

わたしはふたりだけで話《はなし》がしたい！

そわそわしながら流星《りゅうせい》くんの行方《ゆくえ》を目《め》で追《お》った。

「ところで、くしゃみちゃん。授業《じゅぎょう》の撮影《さつえい》のとき。わざと、くしゃみしただろ」

監督《かんとく》の声《こえ》にどきりとした。

やっぱり、気《き》づかれてたんだ！

「すみません」

下《した》を向《む》くしかなかった。

「あやまらなくていいよ。となりの席《せき》の子《こ》をかばいたかったんだろう？」

……なにもかも、わかっていたんだ！

やっぱり、チャラいだけの人《ひと》じゃないのかも。

「おれさ、俳優《はいゆう》は自分《じぶん》だけが目立《めだ》てばいいじゃダメだと思《おも》ってる」

「え？」

「まあ、そういうやつもたまにはありかな。けど、基本《きほん》は普通《ふつう》の感情《かんじょう》があって空気《くうき》が読《よ》めてチームプレイができる子《こ》。で、いざってときは勝負《しょうぶ》に出《で》られる子《こ》。そういう子《こ》がのびるし、輝《かがや》く。くしゃみちゃんのあのとっさの判断《はんだん》、面白《おもしろ》いなあって。だから、別《べっ》のシーンにも出《で》てもらったんだ。

まさか、天川流星《あまかわりゅうせい》をなぐってだきしめるとは思《おも》わなかったけど」

「だって、何《なに》していいかわからなくて」

「何《なに》していいかわからなくて、あそこまでやっちゃうのも面白《おもしろ》いよねー。ところでさ、くしゃみちゃんは、好《す》きなこととか、熱中《ねっちゅう》してることとかあるの？」

「そう聞《き》かれると、特《とく》にないですけど」

「演技《えんぎ》、やってみれば？　応援《おうえん》するよ。おれ、知《し》りあい多《おお》いし」

いきなりすぎて、反応《はんのう》ができない。

「なにより、天川流星《あまかわりゅうせい》を助《たす》けられるぐらいの子《こ》をこのままほうってはおけない」

「助《たす》けたって、それは台本《だいほん》の中《なか》にあったから」

すると監督《かんとく》がふうと息《いき》をはいた。

「おれは天川流星《あまかわりゅうせい》のこれからのためにもきみにこのシーンの代役《だいやく》をお願《ねが》いした。流星《りゅうせい》は、芝居《しばい》は上手《うま》いけど、あまりにも人《ひと》を信頼《しんらい》していない。けど、演技《えんぎ》ってコミュニケーションだから。このままではあいつは破滅《はめつ》する」

流星《りゅうせい》くんが破滅《はめつ》する……？

わたしにとっては聞《き》き捨《ず》てならないことだ。

「でも、くしゃみちゃんの登場《とうじょう》で流星《りゅうせい》は変《か》わりだした。学校《がっこう》の廊下《ろうか》での撮影《さつえい》。くしゃみちゃんは大変《たいへん》だっただろうけど、あいつは普段《ふだん》、いっしょに演技《えんぎ》する子《こ》にあそこまで要求《ようきゅう》しない。要求《ようきゅう》するってつかれるからね。じゃあ、なんでくしゃみちゃんにはいろいろ注文《ちゅうもん》つけだしたかっていうと、たぶん信頼《しんらい》したんだ。そしてその信頼《しんらい》にあいつ自身《じしん》がのみこまれていって、最後《さいご》、くしゃみちゃんに引《ひ》きずられて演技《えんぎ》し、すごくいい表情《ひょうじょう》をしていた。なんでそこまで信頼《しんらい》しちゃったかはわからないけど」

「し、信頼《しんらい》って。そ、そんなふうには思《おも》えないですけど」

首《くび》を横《よこ》にふったけど、それが本当《ほんとう》ならこんなにうれしいことはない。

宣伝動画《せんでんどうが》で、わたしに抱《だ》きしめられて体《からだ》をふるわせた流星《りゅうせい》くん。きっと流星《りゅうせい》くんははじめの撮影《さつえい》からわたしが大沢結《おおさわゆい》だって気《き》がついているし、わたしとの約束《やくそく》もおぼえている。

けど、どうして、あんなにいじわるなんだろう。

「今日《きょう》のシーンだってそうだ。相手《あいて》が別《べつ》の子《こ》だったら演技《えんぎ》をこえた演技《えんぎ》にはならなかった。あいつはきみのおかげで一皮《ひとかわ》むけたよ。今《いま》、一番活躍《いちばんかつやく》している流星《りゅうせい》を成長《せいちょう》させた子《こ》をこのままにしてはおけないよ。おれ、映画監督《えいがかんとく》だし」

監督《かんとく》がドヤ顔《がお》をし、他《ほか》のスタッフが笑《わら》う。

気《き》がつけば、陽《ひ》が落《お》ち、一番星《いちばんぼし》が出《で》ていた。

波《なみ》はよせてはかえっていく。

大変《たいへん》なこともあったけど、流星《りゅうせい》くんの役《やく》に立《た》てたのなら、この映画《えいが》に参加《さんか》できてよかった。

しみじみそう思《おも》っていると、「そんなに照《て》れるなよ。ゴホゴホ」と監督《かんとく》がゴリラの真似《まね》をし、みんなが笑《わら》っていた。

すると、遠《とお》くの岩場《いわば》に流星《りゅうせい》くんらしき影《かげ》が見《み》えた。

ひとりかな？

最初《さいしょ》で最後《さいご》のチャンスかもしれない。

「ちょっと、失礼《しつれい》します。すぐもどってきます」

わたしは席《せき》を立《た》ち、岩場《いわば》にむかった。

13. 海《うみ》に散《ち》った想《おも》い

流星《りゅうせい》くんは岩場《いわば》に立《た》っていた。
昔《むかし》と身長《しんちょう》はぜんぜんちがうけど、施設《しせつ》にいたころの流星《りゅうせい》くんと後《うし》ろ姿《すがた》が重《かさ》なる。
流星《りゅうせい》くんは周囲《しゅうい》に小《ちい》さいころのことは隠《かく》しているのかもしれない。
でもわたしは、やっぱり、確《たし》かめたい！
聞《き》きたいことを胸《むね》につめて、わたしは一歩《いっぽ》ずつ近《ちか》づいていく。
でも、岩《いわ》ってのぼりにくいな。
「あ！」
足《あし》がすべり後《うし》ろに倒《たお》れそうになり、思《おも》わず声《こえ》が出《で》た。
「あわわわわ」
両手《りょうて》をのばし背筋《せすじ》で体《からだ》を支《ささ》える。
流星《りゅうせい》くんがふりむき、わたしの腕《うで》をとった。

そのまま引《ひ》っぱりあげてくれると、顔《かお》がすぐ前《まえ》にあった。

どきんと胸《むね》がなる。

流星《りゅうせい》くんがすぐに距離《きょり》をとった。

「あ、ありがとう」

「忍《しの》びよってきて、何《なん》の真似《まね》だ」

「ご、ごめん。忍者《にんじゃ》ごっこ。なんちゃって」

でも、流星《りゅうせい》くんは無表情《むひょうじょう》だった。

「月菜《つきな》の前《まえ》でゴリラの真似《まね》したらしいな。どういう神経《しんけい》だ」

「月菜《つきな》さん、怒《おこ》ってた？　ごめん、緊張《きんちょう》してたし、月菜《つきな》さんと何《なに》しゃべっていいかもよくわからなかったし」

月菜《つきな》って呼《よ》び捨《す》てなんだ。

仲《なか》がいいのかな。

加山《かやま》くんが、流星《りゅうせい》くんのマネージャーは月菜《つきな》さんのお母《かあ》さんで、月菜《つきな》さんは流星《りゅうせい》くんを追《お》っかけて現場《げんば》に来《き》ているって言《い》ってたよね。

それって月菜《つきな》さんは流星《りゅうせい》くんが好《す》きってことだよね。

ひょっとして、流星《りゅうせい》くんも……。

やだ、なんか今《いま》、すごくみっともないことを考《かんが》えたかも。

「今日《きょう》は助《たす》けてくれてありがとう。海藻《かいそう》が足《あし》にからまるなんて思《おも》ってもみなかった」

「鈴木《すずき》くんがクラスメイトを見捨《みす》てたらおかしいだろ」

鈴木《すずき》くんを演《えん》じる延長《えんちょう》で助《たす》けてくれたってことか。

でも、それだけではなかったとわたしは信《しん》じている……！

わたしは思《おも》いきって一歩《いっぽ》踏《ふ》みこんでみた。

「それだけじゃなかったよね？」

夜《よる》の空《そら》には星《ほし》が見《み》えだしていた。

わたしはあの夜《よる》の流《なが》れ星《ぼし》を思《おも》い出《だ》す。

流星《りゅうせい》くんが口《くち》を開《ひら》いた。

「すごいうぬぼれだな。作家《さっか》に育《そだ》てられると妄想力《もうそうりょく》だけは大《おお》きくなるんだな」

うぬぼれって……！

どうしてそんな言《い》い方《かた》ばかりするんだろう。

まるで、わざとこっちに次《つぎ》の言葉《ことば》を出《だ》させないようにしているみたい！

波《なみ》が岩場《いわば》にぶつかり、くだけ散《ち》ってしぶきが舞《ま》った。

ずっと流星《りゅうせい》くんに会《あ》いたくて、わらにもすがる思《おも》いでこの映画《えいが》にエキストラとして参加《さんか》した。

そのときから、流星《りゅうせい》くんの冷酷《れいこく》さにふりまわされてわたしの心《こころ》はもうくだけだしている。

だったらいっそ、聞《き》きたいことを聞《き》いてくだけ散《ち》ろう！

「わたしを覚《おぼ》えているでしょ？　安藤流星《あんどうりゅうせい》くん」

ふるえながら口《くち》にした。

胸《むね》がしめつけられ、彼《かれ》の答《こた》えを祈《いの》るように待《ま》つ。

こっちはそのぐらいの想《おも》いなのに彼《かれ》はまた鼻《はな》で笑《わら》った。

「だれだそれ？　おれの名前《なまえ》は天川流星《あまかわりゅうせい》だ」

「それは芸名《げいめい》で本名《ほんみょう》は安藤流星《あんどうりゅうせい》だよね」

「西川多摩子《にしかわたまこ》は作家《さっか》以外《いがい》に記者《きしゃ》でもやってるのか？　育《そだ》ての娘《むすめ》を使《つか》って何《なに》か探《さぐ》りに来《き》たのか？」

流星《りゅうせい》くん、どうしてそんなことばかり言《い》うの？

それは演技《えんぎ》だよね？

それとも本当《ほんとう》に変《か》わってしまった……？

わたしは海《うみ》に飛《と》びこむような覚悟《かくご》で聞《き》いた。

「小《ちい》さいころ同《おな》じ施設《しせつ》で暮《く》らしたよね？　いっしょに流《なが》れ星《ぼし》を見《み》たのおぼえているでしょ？　ずっと流星《りゅうせい》くんが、流星《りゅうせい》くんと見《み》た流《なが》れ星《ぼし》がわたしの支《ささ》えだったんだよ」

お願《ねが》い、おぼえてるって言《い》って！

言《い》ってくれないと、わたし、これからどうしていいのかわからないよ！

すると流星《りゅうせい》くんは目《め》を閉《と》じだまりこんだ。

そして、目《め》を開《ひら》き静《しず》かに笑《わら》った。

「たしかにおれの本名《ほんみょう》は安藤流星《あんどうりゅうせい》だ。施設《しせつ》で暮《く》らしたこともある。だけどおまえのことなんて知《し》らない。おまえ、だいじょうぶか？　いい人《ひと》に恵《めぐ》まれているなんて妄想《もうそう》で、よほどつらい自分《じぶん》をそうやって支《ささ》えているんじゃないか？」

声《こえ》が出《で》なかった……。

流星《りゅうせい》くんはさらにつづける。

「おまえは原作者《げんさくしゃ》が育《そだ》ての母親《ははおや》だから、たまたま監督《かんとく》に見《み》いだされただけだ。調《ちょう》子《し》にのるのも、いいかげんにしろ」

「調子《ちょうし》になんてのってない、わたしはただ、流星《りゅうせい》くんに会《あ》いたかっただけ！」

思《おも》わず大《おお》きな声《こえ》を出《だ》してしまった。

でも言《い》ったことははずかしくない！

だって、わたしが言《い》ったことは真実《しんじつ》だから。

ずっと、ずっと、ずっと流星《りゅうせい》くんに会《あ》いたかった！　それだけだ！

流星《りゅうせい》くんの瞳《ひとみ》がゆれた。

海《うみ》の中《なか》で、わたしがほほの手《て》に手《て》を重《かさ》ねたときと同《おな》じだ。

わたしは、彼《かれ》の次《つぎ》の言葉《ことば》に期待《きたい》した。

だけど、流星《りゅうせい》くんからはこう告《つ》げられた。

「いいか。二度《にど》とおれに近《ちか》づくな。ぐうぜんどこかで会《あ》っても話《はな》しかけるな。おまえごときがおれのそばに来《く》るな」

暗《くら》い海《うみ》にひきずりこまれそうになった。

これは現実《げんじつ》じゃない、悪《わる》い夢《ゆめ》を見《み》ているんだ。

彼《かれ》はわたしがずっと会《あ》いたかった安藤流星《あんどうりゅうせい》くんだ。

でも、変《か》わってしまった。

それがどうしてなのかはわからない。

事情《じじょう》があってわたしにウロウロされても困《こま》るのかもしれない。

ポケットに手《て》を入《い》れ手紙《てがみ》を取《と》りだした。

「わかった……。もう会《あ》うこともないだろうから、これだけは受《う》けとって」

口《くち》がロボットのように動《うご》く。

せめて、このぐらいは受《う》けとってほしい……!

「ファンレターは事務所《じむしょ》をとおしてくれないと受《う》けとれないんだが」

そう言《い》いながらも流星《りゅうせい》くんが手紙《てがみ》を受《う》けとってくれた。

これで十分《じゅうぶん》だ……。

本音《ほんね》は十分《じゅうぶん》じゃないけど、十分《じゅうぶん》だって言《い》い聞《き》かせた。

もう小《ちい》さいころの関係《かんけい》ではいられないんだ!

おとなしく帰《かえ》ろう。

そう思《おも》ったときだった。

ビリビリビリ。

流星《りゅうせい》くんは手紙《てがみ》を二《ふた》つに四《よっ》つに八《やっ》つにやぶり、夜《よる》の海《うみ》にほうった。

暗《くら》い海《うみ》に白《しろ》い紙《かみ》が散《ち》り、ぷかぷかとうき、波《なみ》にのまれ消《き》えて行《い》く。

「あ……あ……」

わたしはおどろきすぎて、みっともない声《こえ》しか出《で》ない。

「やっぱり、事務所《じむしょ》をとおしてくれないならこうするしかないな」

わたしは悲《かな》しいんだか悔《くや》しいんだか怒《おこ》ってるんだか、もうわからなかった。

自分《じぶん》の感情《かんじょう》をどうあつかっていいかわからなくて、流星《りゅうせい》くんにつかみかかろうとしたんだけど、逆《ぎゃく》に流星《りゅうせい》くんに胸《むな》ぐらをつかまれた。

「いいか。この映画《えいが》はヒットする。いろんな無責任《むせきにん》なやつらがおまえにちやほや声《こえ》をかけてくるかもしれない。それにのって、こっちの世界《せかい》に来《き》てみろ。つぶすからな」

すごく迫力《はくりょく》があって怖《こわ》い目《め》だった。

それだけ言《い》って、彼《かれ》はわたしから手《て》をはなし、岩場《いわば》から下《お》りて行《い》った。

「どうして、そんなに変《か》わっちゃったの……？　何《なに》かあったんだよね。ねえ、教《おし》えてよ。わたし、流星《りゅうせい》くんの力《ちから》になれるかもしれない」

監督《かんとく》が言《い》っていた。

流星《りゅうせい》くんはわたしを信頼《しんらい》しているって！

だったら、わたしは流星《りゅうせい》くんの力《ちから》になりたい！

すると、彼《かれ》の足《あし》が止《と》まり、ふりむいた。

「おれの力《ちから》になりたい？　頭《あたま》の中《なか》、お花畑《はなばたけ》だな。いいか。おまえは人《ひと》をひとりふみつぶしている。それで人助《ひとだす》けなんて、よく言《い》えるな」

「ふ、ふみつぶしてる？　わたしが？」

何《なに》を言《い》われているかわからなかったけど、いっしゅん、もしやと柚《ゆず》ちゃんの顔《かお》がうかんだ。

同時《どうじ》に流星《りゅうせい》くんが言《い》った。

「柚《ゆず》はおまえをうらんでいるだろうな」

「う、うらむ？　きびしい芸能界事情《げいのうかいじじょう》は柚《ゆず》ちゃんだってわかっているって監督《かんとく》が……」

「どこまで、おめでたいんだ。俳優《はいゆう》にとって自分《じぶん》がやるはずだった役割《やくわり》を他《ほか》のやつがやったっていうのが、どれだけ屈辱的《くつじょくてき》かわかるか？　柚《ゆず》はおまえのせいで傷《きず》つき、おまえを心底《しんそこ》、うらんでいるはずだ。おれにはわかる」

心《こころ》に矢《や》が刺《さ》さった。

柚《ゆず》ちゃんが傷《きず》ついているかもしれないとは想像《そうぞう》していたけど、うらまれているとまでは考《かんが》えていなかった。

わたし、断《ことわ》ればよかったんだろうか……。

心《こころ》に矢《や》が刺《さ》さっているわたしに流星《りゅうせい》くんは冷《つめ》たく言《い》った。

「いいか。二度《にど》とおれに近《ちか》づくなよ」

流星《りゅうせい》くんは背《せ》をむけ、歩《ある》きだした。

今度《こんど》は一度《いちど》もふりむかなかった。

ふと足元《あしもと》を見《み》ると、だれかにふみつぶされた貝《かい》のかけらがあった。

もしかしたらわたしが流星《りゅうせい》くんと話《はな》したくて岩場《いわば》をのぼったときに、ふんでしまったのかもしれない。

わたしは子《こ》どものころの約束《やくそく》を信《しん》じつづけ、知《し》らないうちにひとりの女《おんな》の子《こ》を傷《きず》つけてしまった。

そして、その約束《やくそく》の相手《あいて》に今《いま》、永遠《えいえん》の拒絶《きょぜつ》をされた。

涙《なみだ》も出《で》なかった。

、

帰《かえ》りも久保田《くぼた》さんに車《くるま》で送《おく》ってもらった。

車《くるま》の窓《まど》から夜《よる》の暗《くら》い景色《けしき》が次々《つぎつぎ》と流《なが》れていく。

「結《ゆい》さん、顔《かお》、つかれきってるね。ごめんね。でも、結《ゆい》さんのおかげですごくいい作品《さくひん》になると思《おも》う」

柚《ゆず》ちゃんのことを久保田《くぼた》さんに聞《き》く気《き》にもなれなかった。

わたしの心《こころ》は空《から》っぽで、人《ひと》と会話《かいわ》する気力《きりょく》もなかった。

「今日《きょう》で結《ゆい》さんの撮影《さつえい》は終了《しゅうりょう》だけど映画《えいが》の招待券《しょうたいけん》、多摩子先生《たまこせんせい》に送《おく》るからいっしょに観《み》て。絶対《ぜったい》にいい作品《さくひん》になっているから」

「ありがとうございます」

口《くち》だけ動《うご》かした。

家《いえ》の前《まえ》に着《つ》き、車《くるま》から降《お》りる。

「送《おく》ってくれてありがとうございました」

一礼《いちれい》して、家《いえ》の中《なか》に入《はい》る。

すると、リビングから倫太郎《りんたろう》が飛《と》びだしてきた。

「おかえりー！」

「倫太郎《りんたろう》、もう寝《ね》る時間《じかん》じゃない？　待《ま》っててくれたの？」

「うん。結《ゆい》ちゃんが心配《しんぱい》で」

倫太郎《りんたろう》のかわいい顔《かお》を見《み》ていたら、岩場《いわば》で流《なが》せなかった涙《なみだ》が一気《いっき》にあふれそうになる。

けど、ぐっとこえらえた。

くつをぬぐと、倫太郎《りんたろう》が顔《かお》を近《ちか》づけてきた。

「あれ、結《ゆい》ちゃん」

「え、何《なに》？」

まずい、わたし、泣《な》いてる？

倫太郎《りんたろう》はくんくんと鼻《はな》をうごかした。

「結《ゆい》ちゃん、焼《や》き肉《にく》の匂《にお》いがする」

ええ！

「お母《かあ》さーん。結《ゆい》ちゃんがぼくたちにないしょで焼《や》き肉《にく》食《た》べてる！」

すると多摩子《たまこ》さんがお風呂場《ふろば》から髪《かみ》をタオルでふきながら出《で》てきた。

「なにー？　芸能界《げいのうかい》の夕飯《ゆうはん》は焼《や》き肉《にく》なのか？　あたしと倫太郎《りんたろう》を呼《よ》んでくれてもいいのに」

倫太郎《りんたろう》がうんうんとうなずく。

「海《うみ》の撮影《さつえい》が大変《たいへん》だったからバーベキューしてくれただけだよ」

「へえ、楽《たの》しい現場《げんば》だったね。よかったよかった。おかえり、結《ゆい》。おつかれさま」

多摩子《たまこ》さんはわたしの頭《あたま》をくしゃくしゃとなでてくれる。

多摩子《たまこ》さんも倫太郎《りんたろう》も海《うみ》で何《なに》があったかは知《し》らない。

でも、わたしが帰《かえ》ってきたことを心《こころ》から喜《よろこ》んでくれている。

気《き》をゆるしたら涙腺《るいせん》が崩壊《ほうかい》しそう！

「どうした、結《ゆい》。なんかあった？」

多摩子《たまこ》さんがわたしの顔《かお》をじっと見《み》る。

「ううん。楽《たの》しかったけど演技《えんぎ》ってつかれるなあって」

「そりゃそうだよね。天川流星《あまかわりゅうせい》なんて毎日《まいにち》やっているんだから、大《たい》したもんだ」

たしかに、流星《りゅうせい》くんにはわたしには想像《そうぞう》できない大変《たいへん》なことがあるのかもしれない。

でも、だからといって、あそこまできつい言葉《ことば》でわたしをさけなくていいと思《おも》うし、どうして
あんなに変《か》わってしまったんだろう。

「ねえねえ、結《ゆい》ちゃん。撮影《さつえい》はどうだったの？　天川流星《あまかわりゅうせい》とセリフのやりとりはあったの？」

倫太郎《りんたろう》が目《め》を輝《かがや》かせて聞《き》いてくる。

「ごめん。わたし、つかれたからもう寝《ね》るね。倫太郎《りんたろう》もおやすみ」

「なんだ、つまんない」

多摩子《たまこ》さんが「結《ゆい》はつかれてるんだよ」と倫太郎《りんたろう》をなだめる。

その間《あいだ》にわたしは階段《かいだん》をのぼり、自分《じぶん》の部屋《へや》に入《はい》った。

ベッドに気《き》を失《うしな》うようにたおれこむ。

海《うみ》にぷかぷかうかんだ破《やぶ》れた手紙《てがみ》。

流星《りゅうせい》くんの『おれのそばに来《く》るな』の声《こえ》。

ぼんやりとした頭《あたま》で一《ひと》つのことだけがうかんだ。

再会《さいかい》なんてしなければよかった……。

再会《さいかい》しなければ、わたしも傷《きず》つかなかったし、柚《ゆず》ちゃんだっていやな思《おも》いをしなかった。

そこに気《き》がつくと涙《なみだ》があふれでた。

多摩子《たまこ》さんと倫太郎《りんたろう》に嗚咽《おえつ》が聞《き》こえないように布団《ふとん》をかぶった。

そのまま眠《ねむ》りについた。

〜破《やぶ》られた手紙《てがみ》〜

流星《りゅうせい》くんへ
流星《りゅうせい》くんのことを忘《わす》れた日《ひ》は一日《にち》もない。
ずっと再会《さいかい》を夢見《ゆめみ》ていた。
だから名字《みょうじ》も変《か》えなかった。
またいっしょに流《なが》れ星《ぼし》を見《み》る日《ひ》を、ずっと待《ま》っている。
いつの間《ま》にか、流星《りゅうせい》くんはみんなの星《ほし》、スターになったんだね。
すごい！
流星《りゅうせい》くんには流星《りゅうせい》くんの事情《じじょう》があるだろうし、もし過去《かこ》にふれられたくないなら
それはあたりまえのこと。
わたしは元気《げんき》でやってるから安心《あんしん》して。
わたしはスマホをもってないので、一応《いちおう》、住所《じゅうしょ》を書《か》いておきます。

大沢《おおさわ》 結《ゆい》

14 ひとすじの光《ひかり》

それからは心《こころ》が空《から》っぽのまま、毎日《まいにち》が過《す》ぎて行《い》った。

流星《りゅうせい》くんはどうしてあんなにもわたしを拒絶《きょぜつ》したんだろう。

優《やさ》しかった流星《りゅうせい》くんはどこに行《い》っちゃったんだろう。

頭《あたま》の中《なか》でメリーゴーランドのように回《まわ》りつづけるけど、なんの答《こた》えも出《で》ない。

「それでは大沢《おおさわ》さん、この問題《もんだい》をお願《ねが》いします」

「え、あ……！」

教室中《きょうしつじゅう》の視線《しせん》がわたしに集《あつ》まった。

しまった、算数《さんすう》の授業中《じゅぎょうちゅう》だった！

「大沢《おおさわ》さん、答《こた》えてください」

「あ、あ、あれ？　すみません。わかりません」

教室中《きょうしつじゅう》がどっと笑《わら》いにつつまれた。

何《なに》やってるの、わたし！

「わからないのではなく聞《き》いていなかった。大沢《おおさわ》さん、最近集中力《さいきんしゅうちゅうりょく》が足《た》りませんよ」

「気《き》をつけます……」

先生《せんせい》にしかられてしまった。

そして、ひそひそと聞《き》こえてきた。

「映画《えいが》に出《で》ていい気《き》になってるんじゃねえか」

「あれってお母《かあ》さんの力《ちから》なのかなあ」

もう、好《す》きに言《い》っていいよ。

流星《りゅうせい》くんに会《あ》いたいって思《おも》ったわたしが悪《わる》いんだから。

あれが全《すべ》てのまちがいだったんだから……！

その日《ひ》の学校《がっこう》からの帰《かえ》り道《みち》。

家《いえ》の近《ちか》くまで来《く》ると大河《たいが》くんが後《うし》ろからやってきた。

「たらたらと歩《ある》きやがって。車《くるま》にひかれるぞ」

「ひかれないよ」

すると大河《たいが》くんがわたしを追《お》いぬき、目《め》の前《まえ》に立《た》った。

「な、何《なに》よ」

「結《ゆい》。おまえ、最近変《さいきんへん》だぞ。まさか天川流星《あまかわりゅうせい》につきまとわれてるんじゃねえだろうな？」

「はあ？」

「ああいうやつって共演者《きょうえんしゃ》にちょっかい出《だ》しそうじゃん。流星《りゅうせい》のやつ、おまえに一目《ひとめ》ぼれしたんじゃねえ？　それで自分《じぶん》をだきしめる役《やく》をおまえにやらせたんじゃないか？」

大河《たいが》くんの発想力《はっそうりょく》におどろく。

もし、そうだったら、どんなによかっただろう。

ぎゅっ。

大河《たいが》くんがわたしの両肩《りょうかた》に手《て》を置《お》き力《ちから》をこめた。

そして真剣《しんけん》なまなざしでわたしを見《み》つめる。

「なんかあったら、おれに話《はな》せよ。あんな細《ほそ》っこいやつ、おれだったら、3秒《びょう》でボコボコにできるからな」

自分《じぶん》の表情《ひょうじょう》がふっとゆるんでいくのがわかる。

「な、なんだよ。何《なに》、笑《わら》ってるんだよ」

「大河《たいが》くんって、まっすぐでわかりやすくてすごくいいよ。ずっとそのままでいてね」

「え、お、おれ？　え？」

大河《たいが》くんは照《て》れながらもうれしそうだった。

「心配《しんぱい》してくれてありがとう。じゃあ、また明日《あした》」

わたしはがんばって笑顔《えがお》を作《つく》り自分《じぶん》の家《いえ》に入《はい》っていく。

「まじで、おれに言《い》えよ！　天川流星《あまかわりゅうせい》なんて3秒《びょう》でボコボコにできるからな」

後《うし》ろから大河《たいが》くんの声《こえ》がきこえた。

大河《たいが》くんの純粋《じゅんすい》さがうらやましい。

わたしは流星《りゅうせい》くんに再会《さいかい》したいがために柚《ゆず》ちゃんを傷《きず》つけ、自分《じぶん》も今《いま》、空《から》っぽだ。

そして、なにより流星《りゅうせい》くんは変《か》わっていた。

キツイことばかり体験《たいけん》して、大河《たいが》くんみたいな純粋《じゅんすい》さを失《うしな》ってしまった気《き》がする。

そんなことを考《かんが》えて玄関《げんかん》のドアを開《あ》けると、多摩子《たまこ》さんが柱《はしら》によりかかっていた。

「大河《たいが》くん、ヤンキー漫画《まんが》みたいなこと言《い》って、どうした？」

「あはは、ヤンキー漫画《まんが》みたいだったね」

わたしは笑《わら》いながらも多摩子《たまこ》さんと目《め》をあわせずに、自分《じぶん》の部屋《へや》に向《む》かおうと階段《かいだん》をのぼりだす。

海《うみ》での撮影《さつえい》以来《いらい》、くわしいことを聞《き》かれそうになると、あの日《ひ》のことを話《はな》す気力《きりょく》がなくて「楽《たの》しかったよー」とごまかしている。

でも、「楽《たの》しかったよー」と言《い》いながら、心《こころ》からの笑顔《えがお》はつくれていない。

きっと多摩子《たまこ》さんはうすうす何《なに》か気《き》づいている。

多摩子《たまこ》さんは原作者《げんさくしゃ》だし映画《えいが》は絶対《ぜったい》に観《み》るはずだ。

だったら、そろそろ思《おも》ったより重要《じゅうよう》な役《やく》を任《まか》せられたぐらいは説明《せつめい》したほうがいいかも。

階段《かいだん》の途中《とちゅう》で足《あし》を止《と》めた。

ふりむくと、先《さき》に言葉《ことば》を発《はっ》したのは多摩子《たまこ》さんだった。

「結《ゆい》！　あたし、大河《たいが》くんのこと笑《わら》う資格《しかく》がない。チャラ監督《かんとく》に頭《あたま》にきて、ヤンキーみたいな言《こと》葉《ば》づかいしちゃったかも」

「え？　どういうこと？」

「さっき監督《かんとく》からあやまりの電話《でんわ》があった。鈴木《すずき》くんを助《たす》ける役《やく》、柚《ゆず》ちゃんじゃなく、どうしても結《ゆい》にやってほしくなった。だから、ウソつきましたって！　ごめん、結《ゆい》。あたし、チャラ監督《かんとく》にだまされた！　結《ゆい》を守《まも》れなかった！」

多摩子《たまこ》さんが自分《じぶん》で自分《じぶん》の頭《あたま》をゴツンとたたく。

監督《かんとく》、自分《じぶん》から全部《ぜんぶ》話《はな》したんだ！

「多摩子《たまこ》さん。わたしも悪《わる》いから」

「結《ゆい》はなにも悪《わる》くないよ。チャラ監督《かんとく》とあたしが悪《わる》い。そのくせ、あの監督《かんとく》、結《ゆい》さんのおかげで絶対《ぜったい》にいい映画《えいが》になりますって自信満々《じしんまんまん》なんだよ！　結《ゆい》、海《うみ》で鈴木《すずき》くんを救助《きゅうじょ》するの、怖《こわ》かったでしょ。本当《ほんとう》に自分《じぶん》で自分《じぶん》が情《なさ》けない」

多摩子《たまこ》さんはくちびるをかみしめ、心底《しんそこ》、くやしそうだった。

多摩子《たまこ》さんはわたしを守《まも》ろうとしている。

だから守《まも》れなかった自分《じぶん》を責《せ》めていた。

そんな多摩子《たまこ》さんを見《み》ていたら、もう限界《げんかい》だった。

「わたし、多摩子《たまこ》さんに話《はな》してないことがある」

わたしはゆっくりと階段《かいだん》を下《お》りた。

向《む》かいあうと多摩子《たまこ》さんが「話《はな》したいこと？」とつぶやいた。

「わたしと天川流星《あまかわりゅうせい》は同《おな》じ施設《しせつ》にいた」

多摩子《たまこ》さんはいっしゅん、言葉《ことば》を失《うしな》っていた。

わたしはおちついて説明《せつめい》する。

「わたしが施設《しせつ》に入《はい》ったときに、優《やさ》しくしてくれたのが流星《りゅうせい》くん。でも、流星《りゅうせい》くんはわたしより早《はや》く引《ひ》きとられてしまって。いつか再会《さいかい》したいって思《おも》っていた。天川流星《あまかわりゅうせい》って芸能人《げいのうじん》を多摩子《たまこ》さんのパソコンではじめて見《み》たとき、名字《みょうじ》はちがうけど顔《かお》が似《に》ていて……会《あ》って確《たし》かめたくてエキストラを引《ひ》きうけた。わたしが知《し》っている流星《りゅうせい》くんだって確《たし》かめられたら、正直《しょうじき》に話《はな》すつもりだった」

多摩子《たまこ》さんはまだ、ぼうぜんとしている。

流《なが》れ星《ぼし》の約束《やくそく》だけは流星《りゅうせい》くんとわたしだけのヒミツにしておいた。

多摩子《たまこ》さんがやっと、ゆっくりと口《くち》を開《ひら》いてくれた。

「……想像《そうぞう》もしていなかった。そんな事情《じじょう》があったんだ。あ、だから、ふたりの演技《えんぎ》、同《おな》じ時間《じかん》を過《す》ごしたように見《み》えたのかな。で、天川流星《あまかわりゅうせい》は本当《ほんとう》に幼《おさな》なじみだったんだね」

「うん。ただ……」

わたしはいっしゅん口《くち》ごもる。

けど、思《おも》いきって口《くち》にした。

「変《か》わった」

「変《か》わったって？」

「すごく優《やさ》しい子《こ》だったの。自分《じぶん》が一番《いちばん》つらいのに希望《きぼう》を捨《す》てないで、人《ひと》に優《やさ》しくて。でも、現《げん》場《ば》で会《あ》ったら態度《たいど》が悪《わる》くて、ぐうぜんどこかで会《あ》っても話《はな》しかけるなって。拒絶《きょぜつ》された……」

多摩子《たまこ》さんは口《くち》を大《おお》きく開《あ》けたままだった。

わたしは一度《いちど》せきを切《き》ってしまったせいか、もう一《ひと》つ心苦《こころぐる》しかったことを口《くち》にする。

「それと、わたし、柚《ゆず》ちゃんにひどいことをしていた」

「ひどいこと？」

「……流星《りゅうせい》くんが言《い》っていた。自分《じぶん》がやるはずの役割《やくわり》を他《ほか》の人《ひと》がやるって俳優《はいゆう》にとってはすごく屈辱的《くつじょくてき》だって」

「ちょ、ちょっと、待《ま》った。整理《せいり》していこう」

多摩子《たまこ》さんは、探偵《たんてい》みたいに腕《うで》を組《く》んで廊下《ろうか》をぐるぐる歩《ある》きまわり立《た》ち止《ど》まった。

「まずは柚《ゆず》ちゃんの件《けん》だけど。それは結《ゆい》のせいじゃない。監督《かんとく》はいい作品《さくひん》にするために俳優《はいゆう》の出《で》番《ばん》をふやしたり、へらしたりするのはよくあること。食《く》うか食《く》われるかの世界《せかい》で子《こ》どもにも手加《てか》減《げん》はしない」

食《く》うか食《く》われるかの世界《せかい》……か！

エキストラ参加《さんか》したときから、びっくりすることだらけだったけど、サバイバルゲームと同《おな》じ世界《せかい》ってことだよね。

そして、流星《りゅうせい》くんはそんな過酷《かこく》な場所《ばしょ》でがんばっている……。

もしかしたら、流星《りゅうせい》くんは自分《じぶん》がスターになるまでに、知《し》らないうちに何人《なんにん》か蹴《け》おとしてしまったとか!?

わたしが知《し》っている流星《りゅうせい》くんだったら、深《ふか》く傷《きず》ついたはず。

「それと、天川流星《あまかわりゅうせい》のことだけど。監督《かんとく》が電話《でんわ》で教《おし》えてくれたのは、波《なみ》が高《たか》くなったときに演技《えんぎ》をこえて天川流星《あまかわりゅうせい》が本気《ほんき》で結《ゆい》を助《たす》けたって」

わたしを助《たす》けようと海《うみ》の中《なか》、もぐってくれた流星《りゅうせい》くん。

「うん、そうだよ」

助《たす》けてくれたあとの笑顔《えがお》。

思《おも》い出《だ》すだけで、胸《むね》が熱《あつ》くなるけどもう忘《わす》れるしかない。

すると、多摩子《たまこ》さんが言《い》った。

「たとえ撮影《さつえい》だとしても、命《いのち》がけで結《ゆい》を助《たす》けてくれた天川流星《あまかわりゅうせい》。それが天川流星《あまかわりゅうせい》の本当《ほんとう》の姿《すがた》だとあたしは信《しん》じたい」

今《いま》までまっくらだったわたしの心《こころ》。

いっしゅん、多摩子《たまこ》さんの言葉《ことば》がひとすじの光《ひかり》をあたえてくれた。

だけど……。

「わたしもそう思《おも》いたいよ、でも、会《あ》っても話《はな》しかけるなって」

「彼《かれ》は結《ゆい》のことを考《かんが》えているよ」

「え……」

「さっき大河《たいが》くんが言《い》っていたこと、聞《き》こえたんだけど。大河《たいが》くんだって、結《ゆい》が天川流星《あまかわりゅうせい》と共演《きょうえん》したってだけで何《なに》かあったんじゃないかって思《おも》いこんでいるんだよ。スターになってしまった自《じ》分《ぶん》に、結《ゆい》は関《かか》わらないほうがいいって心配《しんぱい》しているんじゃないかな？」

わたしを心配《しんぱい》している……？

そういえば、エキストラとして参加《さんか》したときも、別《わか》れ際《ぎわ》にこの世界《せかい》をめざそうとかかんちがいするなって言《い》ってた。

流星《りゅうせい》くんはあのときすでに、監督《かんとく》が海《うみ》の撮影《さつえい》でわたしを使《つか》うかもしれないって見《み》ぬいていた……？

手紙《てがみ》を破《やぶ》ったときも、無責任《むせきにん》なやつらが声《こえ》をかけてくる、芸能界《げいのうかい》に入《はい》ったらつぶすって。

何《なに》より、海《うみ》での撮影《さつえい》。

今思《いまおも》えば、わたしがしっぽをまいて逃《に》げだすようなことばかり言《い》ってきた。

流星《りゅうせい》くんからすれば、川《かわ》で両親《りょうしん》を失《うしな》ったわたしが海《うみ》で危険《きけん》なシーンを演《えん》じることにたえられなかったのかもしれない。

そうやって考《かんが》えていくと、たしかに流星《りゅうせい》くんは自分《じぶん》と芸能界《げいのうかい》からわたしを遠《とお》ざけようとしている。

それは流星《りゅうせい》くんが、わたしが流星《りゅうせい》くんと流星《りゅうせい》くんがいる芸能界《げいのうかい》に関《かか》わるとろくなことにならないって考《かんが》えているから！

でも、手紙《てがみ》を破《やぶ》らなくても……。

岩場《いわば》ではふたりきりだったんだから、ちゃんと説明《せつめい》してくれればいいのに。

「どうした、結《ゆい》」

「多摩子《たまこ》さんが言《い》っていることもわかるんだけど。彼《かれ》の言《い》い方《かた》がきつくて」

「よほどうれしかったのかもね。結《ゆい》に再会《さいかい》できたこと」

え……！

多摩子《たまこ》さんが言葉《ことば》をつづける。

「彼《かれ》は天川流星《あまかわりゅうせい》を演《えん》じているのかもしれない。結《ゆい》に会《あ》ったことがうれしすぎて、今《いま》までできずきあげてきた自分《じぶん》がこわれるのが怖《こわ》かった。だからそんな行動《こうどう》しかとれなかった」

「天川流星《あまかわりゅうせい》を演《えん》じている？　じゃあ、ふだんはちがうのかな？　なんか多摩子《たまこ》さんの作家《さっか》としてのテーマみたいだね。人《ひと》は一面《めん》、二面《めん》、三面《めん》あるって」

すると多摩子《たまこ》さんがかすかにさびしそうな顔《かお》をした。

「一面《めん》、二面《めん》、三面《めん》はその場《ば》の環境《かんきょう》や事情《じじょう》でお面《めん》をかぶるみたいなもんでさ。本質的《ほんしつてき》には案外変《あんがいか》わらないんだよ」

「変《か》わらない……」

「むしろ、本当《ほんとう》の自分《じぶん》を守《まも》るために、人《ひと》はその場《ば》その場《ば》でお面《めん》をかぶるよね」

わたしはもしかしてと思《おも》った。

流星《りゅうせい》くんは変《か》わっていない……？

「結《ゆい》の話《はなし》を聞《き》いていると、流星《りゅうせい》くんは結《ゆい》に対《たい》して優《やさ》しさの表現《ひょうげん》が変《か》わったように思《おも》える。施設《しせつ》にいたころはそばにいることが優《やさ》しさだったけど、今《いま》は、自分《じぶん》から遠《とお》ざけることが彼《かれ》ができる精《せい》いっぱいの優《やさ》しさ。大人《おとな》のあたしからすると悲《かな》しいね」

多摩子《たまこ》さんが軽《かる》く息《いき》をはいた。

そして、わたしの胸《むね》の奥《おく》にためこんでいた感情《かんじょう》が一気《いっき》にあふれだす。

流星《りゅうせい》くんは多摩子《たまこ》さんが言《い》うとおり、再会《さいかい》できたうれしさを隠《かく》していたのかもしれない。

はじめての撮影《さつえい》でわたしがだきしめたときにふるえていたのは、あのときだけ隠《かく》しきれなかったんだ。

わたしは流星《りゅうせい》くんに会《あ》いたい。

多摩子《たまこ》さんの考《かんが》えじゃなくて、わたしの予想《よそう》じゃなくて、流星《りゅうせい》くんの口《くち》から流星《りゅうせい》くんの本心《ほんしん》を聞《き》きたい！

もし多摩子《たまこ》さんが言《い》っていたことが当《あ》たっているなら、流星《りゅうせい》くんはまちがってる。

わたしは今《いま》でも、大人《おとな》になったらいっしょに暮《く》らしていっしょに流《なが》れ星《ぼし》を見《み》ることを願《ねが》っているんだよ！

遠《とお》ざけることが優《やさ》しさなんて大《おお》まちがいだ！

でも、どうしたら会《あ》えるんだろう。

15. 画面《がめん》ごしの告白《こくはく》

流星《りゅうせい》くんに会《あ》いたい！

そう思《おも》いながらも結局《けっきょく》はどうしていいかわからず、もどかしいまま月日《つきひ》はたった。

そして、とうとう流星《りゅうせい》くんに会《あ》えないまま「鈴木《すずき》くんは犯人《はんにん》じゃありません」の公開《こうかい》がはじまってしまった。

日曜日《にちようび》。

「ゆい――――！」

自分《じぶん》の部屋《へや》にいると、外《そと》から大河《たいが》くんの大声《おおごえ》がして窓《まど》を開《あ》けた。

下《した》を見《み》ると倫太郎《りんたろう》とふたりで並《なら》んでいる。

「映画《えいが》、観《み》てきたぞ。客《きゃく》、いっぱい入《はい》ってた！　結《ゆい》もまあまあだった！」

まあまあだったの言《い》い方《かた》がとても大河《たいが》くんらしかったので言《い》いかえす。

「えらそーに！」

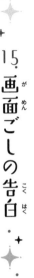

すると倫太郎《りんたろう》が言《い》った。

「まあまあじゃなく、すごくよかったよ。大河《たいが》くんは結《ゆい》ちゃんと天川流星《あまかわりゅうせい》のシーンがよくて、やきもちやいてるだけ」

「倫太郎《りんたろう》。よけいなこと言《い》うな」

ふたりはこづきあいながら家《いえ》の中《なか》に入《はい》っていった。

わたしもリビングにむかう。

わたしは完成《かんせい》した映画《えいが》を観《み》ていない。

周《まわ》りには自分《じぶん》の演技《えんぎ》を観《み》るのが照《て》れくさいからと言《い》っているけど、本当《ほんとう》はちがう。

流星《りゅうせい》くんの本心《ほんしん》がわからないまま、自分《じぶん》と流星《りゅうせい》くんのシーンを観《み》ても想《おも》いが募《つの》ってさらにつらくなるだけだから。

多摩子《たまこ》さんは大人《おとな》の関係者《かんけいしゃ》だけが集《あつ》まる試写会《ししゃかい》があって、そこで観《み》たそうだ。

「結《ゆい》、がんばったね！」ってほめてくれた。

あと、監督《かんとく》がいい映画《えいが》ができたお礼《れい》を言《い》いに来《き》たって。

そして……「ふたりがもう少《すこ》し大人《おとな》になって、再会《さいかい》できたらいいよね」とも言《い》ってくれた。

多摩子《たまこ》さんの言《い》うこともわかるけど、わたしは今《いま》すぐにでも会《あ》いたいよ。

リビングでは、多摩子《たまこ》さんが大河《たいが》くん、倫太郎《りんたろう》にアイスキャンディーをわたしていた。

「招待券《しょうたいけん》あまってるから、結《ゆい》ちゃんも観《み》なよ。鈴木《すずき》くんと犯人《はんにん》の先生《せんせい》が対決《たいけつ》する映画《えいが》だけど、結《ゆい》ちゃんの存在《そんざい》がかくし味《あじ》になってるよ」

倫太郎《りんたろう》が熱《あつ》く感想《かんそう》を語《かた》る。

大河《たいが》くんが「倫太郎《りんたろう》、おまえは映画評論家《えいがひょうろんか》かよ」と笑《わら》いながら「え、結《ゆい》は映画《えいが》観《み》てないの？」

と聞《き》いてきた。

「う、うん」

「もしかして画面《がめん》に映《うつ》ってるわたしがはずかしいーとか」

「そう、はずかしいの」

本当《ほんとう》の理由《りゆう》を知《し》られたくないから、わざとらしく小首《こくび》をかしげ、かわいらしげに言《い》ってみた。

「……な、なんだよ、急《きゅう》に」

なぜか大河《たいが》くんは照《て》れて、倫太郎《りんたろう》がニヤニヤしていた。

多摩子《たまこ》さんが「そろそろ時間《じかん》かな」とノートパソコンをいじりだした。

「お母《かあ》さん、なんの時間《じかん》？」

倫太郎《りんたろう》が聞《き》いた。

「監督《かんとく》と天川流星《あまかわりゅうせい》の対談《たいだん》が今日《きょう》、YouTube《ユーチューブ》で配信《はいしん》されるんだよ。試写会《ししゃかい》で監督《かんとく》から伝《つた》えられた」

「え……」

胸《むね》の奥《おく》で、どくんと大《おお》きな音《おと》がした。

「もういいよ！　天川流星《あまかわりゅうせい》は！」

大河《たいが》くんはいやがっていたけど、倫太郎《りんたろう》は喜《よろこ》んでいる。

「もう、始《はじ》まってるね。みんな見《み》える？」

多摩子《たまこ》さんがわたしたちに見《み》えるようにパソコン画面《がめん》を向《む》けてくれた。

とくに、わたしがよく見《み》える角度《かくど》に向《む》けてくれた。

多摩子《たまこ》さん、気《き》をつかってくれている？

画面《がめん》の中《なか》で監督《かんとく》と流星《りゅうせい》くんが椅子《いす》に座《すわ》っていた。

わたしの心臓《しんぞう》がどくんどくんと鳴《な》りつづける中《なか》、監督《かんとく》がしゃべりだした。

「ええ、みなさま。『鈴木《すずき》くんは犯人《はんにん》じゃありません』の公開記念《こうかいきねん》として、本日《ほんじつ》はわたくし監督《かんとく》と主役《しゅやく》の天川流星《あまかわりゅうせい》くんのスペシャル対談《たいだん》です」

監督《かんとく》と流星《りゅうせい》くんが頭《あたま》を下《さ》げた。

「とにかく、めっちゃ面白《おもしろ》い映画《えいが》なんで、みなさん観《み》てくださいね！　それでさ、流星《りゅうせい》くん、主《しゅ》役《やく》として撮影《さつえい》はどうだったかな？」

監督《かんとく》がいつものようにチャラチャラしながら質問《しつもん》をしたけど、流星《りゅうせい》くんは真面目《まじめ》に答《こた》える。

「監督《かんとく》をはじめ、温《あたた》かいスタッフや共演者《きょうえんしゃ》のみなさんのおかげでとても楽《たの》しかったです」

流星《りゅうせい》くん、撮影現場《さつえいげんば》とはちがって、すごく好感度《こうかんど》が高《たか》い子《こ》を演《えん》じている。

どうせなら、ずっと好感度《こうかんど》が高《たか》い子《こ》でいればいいのに。

どうして現場《げんば》ではあんないやなやつになるんだろう。

すると、監督《かんとく》が流星《りゅうせい》くんに別《べつ》の質問《しつもん》をした。

「ところでさ。おれは監督《かんとく》として佐藤《さとう》さん役《やく》の子《こ》に助《たす》けられたんだけど。特《とく》に海《うみ》のシーンとか。流星《りゅうせい》くんも彼女《かのじょ》に助《たす》けられたんじゃない？」

佐藤《さとう》さんはわたしの役名《やくめい》だ。

心臓《しんぞう》が早鐘《はやがね》を打《う》つ。

流星《りゅうせい》くん、なんて答《こた》えるんだろう……？

「彼女《かのじょ》をふくめ全員《ぜんいん》に助《たす》けられた撮影《さつえい》でしたね」

すごく真《ま》っ当《とう》な答《こた》えで、がっくりした。

わたしは何《なに》を期待《きたい》していたんだろう。

すると監督《かんとく》がとうとつに、流星《りゅうせい》くんに映画《えいが》とは関係《かんけい》ない質問《しつもん》をした。

「なんで流星《りゅうせい》って芸名《げいめい》なの？」

「え……」

流星《りゅうせい》くんの表情《ひょうじょう》がかすかに変《か》わった。

「いや、前《まえ》から気《き》になっていたんだ。もしかして流《なが》れ星《ぼし》を見《み》て『おれ、あの星《ほし》みたいに夜空《よぞら》をかけるスターになる』とかって決意《けつい》しちゃったんじゃない？　まあ、おれの単《たん》なる妄想《もうそう》だけど」

倫太郎《りんたろう》と大河《たいが》くんは「この監督《かんとく》、チャラい」とふたりで笑《わら》い転《ころ》げていた。

でも、わたしは笑《わら》えなかった。

流星《りゅうせい》くんは口《くち》ではおぼえていないって言《い》っていたけど、わたしとの約束《やくそく》を絶対《ぜったい》におぼえているはずだ！

流星《りゅうせい》くんがなんて答《こた》えるのか、両手《りょうて》をぎゅっと丸《まる》めて待《ま》ちつづけた。

流星《りゅうせい》くんの表情《ひょうじょう》が再《ふたた》び変《か》わる。

スターではなく、ひとりの真面目《まじめ》な少年《しょうねん》の顔《かお》に……なった。

「流星《りゅうせい》は芸名《げいめい》ではなく本名《ほんみょう》です。そして流《なが》れ星《ぼし》は見《み》たことがあります」

「へえ、見《み》たんだ！」

「はい。ただし、流《なが》れ星《ぼし》を見《み》て芸能人《げいのうじん》になろうとは思《おも》いませんでした。ただ、この先《さき》、何《なに》が起《お》きようとも自分《じぶん》はだいじょうぶだって思《おも》えました。もう、これで十分《じゅうぶん》だって。流《なが》れ星《ぼし》って人《ひと》の支《ささ》えになるんでしょうね。だから、ぼくの名前《なまえ》は流星《りゅうせい》で、この名前《なまえ》を何《なに》よりも大切《たいせつ》にしています。そして……」

流星《りゅうせい》くんはカメラのほうを見《み》た。

わたしは流星《りゅうせい》くんと目《め》があった気《き》がした。

「あの日《ひ》見《み》た流《なが》れ星《ぼし》、忘《わす》れた日《ひ》は一日《にち》もない」

流星《りゅうせい》くんの視線《しせん》が、声《こえ》が、言葉《ことば》が、わたしの心《こころ》を包《つつ》む。

だって、まるで、わたしに言《い》ってくれたみたいで……！

流《なが》れ星《ぼし》、忘《わす》れた日《ひ》は一日《にち》もないってことは……。

わたしのことを忘《わす》れた日《ひ》は一日《にち》もないってことだよね。

流星《りゅうせい》くん、わたしも同《おな》じだよ！

流星《りゅうせい》くんを忘《わす》れた日《ひ》は一日《にち》もないよ！

なのに、どうしてわたしを遠《とお》ざけるの？

本心《ほんしん》を聞《き》かせてよ！

「こいつ、なにカメラ目線《めせん》で気《き》どっているんだよ」

そう言《い》ったのは大河《たいが》くんだった。

監督《かんとく》も想像《そうぞう》をこえた答《こた》えだったみたいで、いっしゅんぽかんとしていたけど、我《われ》に返《かえ》って対談《たいだん》をつづけた。

「流星《りゅうせい》くん、今《いま》の語《かた》りよかったよ。『あの日《ひ》見《み》た流《なが》れ星《ぼし》』ってタイトルでもう一本《いっぽん》撮《と》りたいなあ。っていうか、ちょっと苦労《くろう》しすぎてない？」と笑《わら》った。

流星《りゅうせい》くんも「そうかもしれませんね」と苦笑《くしょう》する。

対談《たいだん》に注目《ちゅうもく》しているときだった。

唐突《とうとつ》にピンポーンと家《いえ》の玄関《げんかん》のチャイムが鳴《な》った。

「だれだろ」

多摩子《たまこ》さんが玄関《げんかん》に向《む》かった。

そしてすぐに多摩子《たまこ》さんはもどってきた。

「結《ゆい》、お客《きゃく》さんがふたりも来《き》たよ。結《ゆい》とあたしに話《はな》したいことがあるって」

大河《たいが》くんがお客《きゃく》さんのひとりを見《み》て**「あ、チャラ監督《かんとく》が画面《がめん》から出《で》てきた！」**と指《ゆび》さした。

「そこの少年《しょうねん》、チャラはないだろ。あ、だけど、おれ、画面映《がめんうつ》りそこそこいいなあ」

なんと、監督《かんとく》が突然《とつぜん》あらわれた。

パソコン画面《がめん》で自分《じぶん》の映《うつ》りを見《み》たあと、わたしに「くしゃみちゃん、ひさしぶり。対談観《たいだんみ》てくれてありがとう」と笑《わら》いかけてきた。

そして監督《かんとく》の後《うし》ろにいる大人《おとな》の男《おとこ》の人《ひと》。

ものすごく整《ととの》った顔《かお》で手足《てあし》がすごく長《なが》い。

もしかして、芸能人《げいのうじん》かな……？

監督《かんとく》となぞの人《ひと》、わたしと多摩子《たまこ》さんでむかいあう。

倫太郎《りんたろう》と大河《たいが》くんはわたしたち4人《にん》を横《よこ》から観客《かんきゃく》のようにながめていた。

まずは監督《かんとく》がカーペットに手《て》をついた。

「西川多摩子《にしかわたまこ》先生《せんせい》、試写会《ししゃかい》来《き》てくださって、ありがとうございました。そして大沢結《おおさわゆい》ちゃん、おかげさまでいい映画《えいが》になったよ！」

「で、今日《きょう》はなんの御用《ごよう》ですか？」

多摩子《たまこ》さんは監督《かんとく》に対《たい》してまだおこってるみたいだった。

わたしはそれよりも監督《かんとく》がつれてきた人《ひと》が気《き》になる。

「あのう、あなたは？」

わたしが聞《き》くと、なぞの人《ひと》が待《ま》ってました！　とばかりに輝《かがや》く笑顔《えがお》でテーブルに名刺《めいし》を置《お》いた。

権田原大悟郎《ごんだわらだいごろう》　芸能事務所《げいのうじむしょ》ミラクル
多摩子《たまこ》さんとわたしが「ぷっ」と同時《どうじ》に笑《わら》いをこらえる。

だって、見《み》かけと名前《なまえ》がぜんぜん似合《にあ》わない！

「西川多摩子先生《にしかわたまこせんせい》も結《ゆい》さんも、正直《しょうじき》に笑《わら》っていいんですよ」

「いや、失礼《しつれい》しました。権田原《ごんだわら》さん。で、あなたは何《なん》の用《よう》があってここに？」

多摩子《たまこ》さんが質問《しつもん》すると、権田原《ごんだわら》さんが答《こた》えた。

「単刀直入《たんとうちょくにゅう》に申《もう》し上《あ》げます。大沢結《おおさわゆい》さんにうちの事務所《じむしょ》ミラクルに所属《しょぞく》してほしいんです。そして、天川流星《あまかわりゅうせい》のCM《シーエム》のオーディションを受《う》けてほしいんです」

流星《りゅうせい》くんのCM《シーエム》？　オーディションって？

「なんだそりゃあ」

大河《たいが》くんが立《た》ちあがると倫太郎《りんたろう》がなだめた。

わたしが急《きゅう》な話《はなし》すぎてよくわからないでいると、権田原《ごんだわら》さんが説明《せつめい》をしてくれた。

芸能事務所ミラクル
権田原　大悟郎

「天川流星《あまかわりゅうせい》の炭酸飲料《たんさんいんりょう》のCM《シーエム》、見《み》たことないかな？　相手《あいて》の女《おんな》の子《こ》のCM《シーエム》契約《けいやく》がこの春《はる》で終了《しゅうりょう》するんだ。というわけで、新《あたら》しい女《おんな》の子《こ》のオーディションがもうすぐある」

そういえば、倫太郎《りんたろう》が流星《りゅうせい》くんのCM《シーエム》がどうのって話《はな》していたっけ？

「大沢結《おおさわゆい》さん。ぼくは、『鈴木《すずき》くんは犯人《はんにん》じゃありません』を観《み》て、君《きみ》は俳優《はいゆう》としてすごく可能性《かのうせい》を秘《ひ》めた子《こ》だって確信《かくしん》した。表情《ひょうじょう》の一《ひと》つ一《ひと》つからいろんな役《やく》が想像《そうぞう》できるし、何《なに》より、たくさんの人《ひと》を包《つつ》み、たくさんの人《ひと》から応援《おうえん》される力強《ちからづよ》さがあるんだよ。今回《こんかい》の映画出演《えいがしゅつえん》を機会《きかい》にもっと大《おお》きく活躍《かつやく》できる。いや、周《まわ》りがそうしないとおかしい。だからまずはうちに所属《しょぞく》して、天川《あまかわ》流星《りゅうせい》のCM《シーエム》オーディションを受《う》けてほしい」

突然《とつぜん》のことでびっくりしたけど、オーディションに合格《ごうかく》すれば流星《りゅうせい》くんに会《あ》える。

わたしの頭《あたま》の中《なか》にはもうそれしかなかった。

けど、ハッと思《おも》い出《だ》した。

流星《りゅうせい》くん、この映画《えいが》がヒットしたらいろんなやつが声《こえ》をかけてくるって言《い》ってたよね。

芸能界《げいのうかい》に入《はい》ってきたらつぶすとも……！

流星《りゅうせい》くんはこうなることがわかっていた……？

そうだ、事務所《じむしょ》に所属《しょぞく》するって、本格的《ほんかくてき》な芸能活動《げいのうかつどう》をするってこと。

つまり、サバイバルゲームに参加《さんか》するってことだ。
正直《しょうじき》、怖《こわ》い。
でも、わたしはやっぱり流星《りゅうせい》くんに会《あ》いたい！
本心《ほんしん》を聞《き》きたい！
「わたし、ミラクルに所属《しょぞく》します。オーディション受《う》けます」
そう言《い》い切《き》った瞬間《しゅんかん》、多摩子《たまこ》さんも大河《たいが》くんもおどろいていた。
今《いま》、わたしは自分《じぶん》の手《て》で運命《うんめい》の扉《とびら》を開《あ》けてしまった。
もう、引《ひ》きかえせないけど、後悔《こうかい》はしない。
だって、わたしは流星《りゅうせい》くんが好《す》きだから！

あとがき

『流《なが》れ星《ぼし》の約束《やくそく》』を読《よ》んでくれてありがとう！

作家《さっか》のみずのまいです！　まわりの人《ひと》からは「まいぽん」って呼《よ》ばれています。

ところでみんなは、夜《よる》、星《ほし》って見《み》たりする？

わたしは眠《ねむ》る前《まえ》によくベランダで夜《よる》の空《そら》をながめます。

東京《とうきょう》のど真《ま》ん中《なか》に住《す》んでいるので、たくさんの星《ほし》は見《み》えないけど、光《ひか》が強《つよ》い星《ほし》はいくつか見《み》えるんだ。

『今日《きょう》のほしぞら―国立天文台暦計算室《こくりつてんもんだいこよみけいさんしつ》』というサイトで毎晩《まいばん》、一時間《じかん》ごとに天体図《てんたいず》が更新《こうしん》されていて、それを見《み》ながら「あの星《ほし》は木星《もくせい》で、あれは冬《ふゆ》の大三角《だいさんかく》で」と確認《かくにん》しながら見《み》てまーす。

でね、夜《よる》に星《ほし》を見《み》ていると、その日《ひ》あったことや、明日《あした》のことなんかも考《かんが》えたりしちゃう。

イヤなことを思《おも》い出《だ》して悲《かな》しい気持《きも》ちで星《ほし》を見《み》ることもあれば、明日《あした》の予定《よてい》が楽《たの》しみでワクワクしながら見《み》ることもある。

そんなとき、ふと思《おも》うんだ。

今《いま》、この瞬間《しゅんかん》、わたしと同《おな》じ気持《きも》ちで星《ほし》を見《み》ている人《ひと》もいるかもしれない。

あと、友《とも》だちといっしょに星《ほし》を見《み》ている人《ひと》もいれば、家族《かぞく》で見《み》ている人《ひと》もいるかもしれない。星《ほし》をながめながら大切《たいせつ》な話《はなし》をしている人《ひと》も、約束《やくそく》をしている人《ひと》もいるかもしれない。

そんなことを考《かんが》えていたときに、このお話《はなし》は思《おも》いつきました。

結《ゆい》ちゃん、がんばれーって想《おも》いながら書《か》きあげたよ。

みんなも結《ゆい》ちゃんや流星《りゅうせい》くんを応援《おうえん》してあげてね。お手紙《てがみ》待《ま》ってます。

海《うみ》でだれかがおぼれていたら、まずは大人《おとな》を呼《よ》ぶんだよ！

あ、そうだ！　わたし、ＹｏｕＴｕｂｅをはじめました。

つたない映像《えいぞう》だけど（機械《きかい》が苦手《にがて》です）読者《どくしゃ》さんからの質問《しつもん》に答《こた》えたり、作品《さくひん》を紹介《しょうかい》したり、あと星占《ほしうらな》いもやってるよ。よかったら『児童書作家《じどうしょさっか》みずのまいの部屋《へや》』で検索《けんさく》してみてね。

またね～～！！！

みずのまい

※みずのまい先生《せんせい》へのお手紙《てがみ》はこちらにおくってください。

〒101―8050　東京都千代田区一ツ橋《とうきょうとちよだくひとつばし》2―5―10　集英社《しゅうえいしゃ》みらい文庫編集部《ぶんこへんしゅうぶ》　みずのまい先生係《せんせいがかり》

おまけ

みどり寮にいた時の結ちゃんと流星くん

早く2人があの頃のように
笑い合える日が来ますように…!

イラストレーター 雪丸ぬん

集英社みらい文庫

流《なが》れ星《ぼし》の約《やく》束《そく》

再会《さいかい》したきみは芸能人《げいのうじん》!?　伝《つた》えたい想《おも》い

みずのまい・作

雪丸《ゆきまる》ぬん・絵

ファンレターのあて先
〒101-8050　東京都千代田区一ツ橋 2-5-10　集英社みらい文庫編集部
いただいたお便りは編集部から先生におわたしいたします。

2024 年 11 月 27 日　第 1 刷発行

発行者	今井孝昭
発行所	株式会社 集英社 〒101-8050　東京都千代田区一ツ橋 2-5-10 電話　編集部 03-3230-6246 読者係 03-3230-6080 販売部 03-3230-6393（書店専用） https://miraibunko.jp
装丁	関根彩＋前田紗雪（関根彩デザイン）　中島由佳理
印刷	TOPPAN クロレ株式会社　TOPPAN 株式会社
製本	TOPPAN クロレ株式会社

★この作品はフィクションです。実在の人物・団体・事件などにはいっさい関係ありません。
ISBN978-4-08-321878-1　C8293　N.D.C.913　186P　18cm

第14回みらい文庫大賞
大賞受賞作
死《し》にたくないならサインして
裏切《うらぎ》り
ニセモノ
狐狗狸《こっくり》
作 日部星花《ひべせいか》
絵 wogura《をぐら》
正義《せいぎ》の味方《みかた》か？地獄《じごく》の使者《ししゃ》か？
超《ちょう》・新感覚《しんかんかく》ホラー!!
2024年12月13日(金)発売予定

だってわたしは、
怪異《かいい》対策《たいさく》コンサルタントですから！
まずはサインをしてもらって、それから
お話《はなし》を聞《き》かせてくれませんか？

どしゃり。それは、人《ひと》だった。
腕《うで》と足《あし》がおかしな方《ほう》にまがってる。
じわじわと、身体《からだ》の下《した》に血溜《ちだ》まりができていく。

水橋《みずはし》ユキ（中《ちゅう》1）には誰《だれ》にも言《い》えない悩《なや》みがあった。
毎日《まいにち》決《き》まった時間《じかん》に、彼女《かのじょ》にだけ見《み》えるのだ。
——女《おんな》の子《こ》が、真《ま》っ逆《さか》さまに落《お》ちていくのが。
友人《ゆうじん》のすすめで、【怪異対策《かいいたいさく》コンサルタント】を
しているという緋宮《ひのみや》せいらに相談《そうだん》することに。
血《ち》のように真《ま》っ赤《か》な契約書《けいやくしょ》を取《と》りだし、話《はなし》を聞《き》くせいら。
一体何者《いったいなにもの》なのだろう？　信《しん》じてよいのだろうか——？

記憶《きおく》バトルロイヤル
夢《ゆめ》のために、覚《おぼ》えて勝《か》つ――！
覚《おぼ》えて勝《か》ちぬけ！
100万円《まんえん》をかけた戦《たたか》い
東大《とうだい》出身《しゅっしん》!!
記憶力日本《きおくりょくにほん》チャンピオン監修《かんしゅう》！
楽《たの》しく読《よ》んで、記憶力《きおくりょく》アップ!!
相羽《あいば》 鈴《りん》 作《さく》
木乃《きの》ひのき 絵《え》
青木《あおき》 健《たける》 監修《かんしゅう》

「みらい文庫《ぶんこ》」読者《どくしゃ》のみなさんへ

言葉《ことば》を学《まな》ぶ、感性《かんせい》を磨《みが》く、創造力《そうぞうりょく》を育《はぐく》む……、読書《どくしょ》は「人間力《にんげんりょく》」を高《たか》めるために欠《か》かせません。

たった一枚《いちまい》のページをめくる向《む》こう側《がわ》に、未知《みち》の世界《せかい》、ドキドキのみらいが無限《むげん》に広《ひろ》がっている。

これこそが「本《ほん》」だけが持《も》っているパワーです。

学校《がっこう》の朝《あさ》の読書《どくしょ》に、休《やす》み時間《じかん》に、放課後《ほうかご》に……。いつでも、どこでも、すぐに続《つづ》きを読《よ》みたくなるような、魅力《みりょく》に溢《あふ》れる本《ほん》をたくさん揃《そろ》えていきたい。読書《どくしょ》がくれる、心《こころ》がきらきらしたり胸《むね》がきゅんとする瞬間《しゅんかん》を体験《たいけん》してほしい、楽《たの》しんでほしい。みらいの日本《にほん》、そして世界《せかい》を担《にな》うみなさんが、やがて大人《おとな》になった時《とき》、「読書《どくしょ》の魅力《みりょく》を初《はじ》めて知《し》った本《ほん》」「自分《じぶん》のおこづかいで初《はじ》めて買《か》った一冊《いっさつ》」と思《おも》い出《だ》してくれるような作品《さくひん》を一所懸命《いっしょけんめい》、大切《たいせつ》に創《つく》っていきたい。

そんないっぱいの想《おも》いを込《こ》めながら、作家《さっか》の先生方《せんせいがた》と一緒《いっしょ》に、私《わたし》たちは素敵《すてき》な本作《ほんづく》りを続《つづ》けていきます。「みらい文庫《ぶんこ》」は、無限《むげん》の宇宙《うちゅう》に浮《う》かぶ星《ほし》のように、夢《ゆめ》をたたえ輝《かがや》きながら、次々《つぎつぎ》と新《あたら》しく生《う》まれ続《つづ》けます。

本《ほん》を持《も》つ、その手《て》の中《なか》に、ドキドキするみらい———。

本《ほん》の宇宙《うちゅう》から、自分《じぶん》だけの健《すこ》やかな空想力《くうそうりょく》を育《そだ》て、〝みらいの星《ほし》〟をたくさん見《み》つけてください。

そして、大切《たいせつ》なこと、大切《たいせつ》な人《ひと》をきちんと守《まも》る、強《つよ》くて、やさしい大人《おとな》になってくれることを心《こころ》から願《ねが》っています。

2011年《ねん》 春《はる》

集英社《しゅうえいしゃ》みらい文庫編集部《ぶんこへんしゅうぶ》